親切的、活潑的、趣味的、致用的

實用歷史叢書

遠流出版公司

實用歷史・三國館

羅貫中與三國演義

作　　者——沈伯俊
主　　編——游奇惠
責任編輯——陳穗錚
發 行 人——王榮文
出版發行——遠流出版事業股份有限公司
臺北市100南昌路2段81號6樓
電話／2392-6899　傳眞／2392-6658
郵撥／0189456-1
香港發行——遠流(香港)出版公司
香港北角英皇道310號雲華大廈4樓505室
電話／2508-9048　傳眞／2503-3258
香港售價／港幣83元
法律顧問——王秀哲律師・董安丹律師
著作權顧問——蕭雄淋律師
2007年11月1日　初版一刷
行政院新聞局局版臺業字第1295號
售價新台幣 250 元　（缺頁或破損的書，請寄回更換）

ISBN 978-957-32-6188-9
YLib 遠流博識網
http://www.ylib.com　E-mail:ylib@ylib.com

三國館

羅貫中與三國演義

《實用歷史叢書》

出版緣起

王榮文

・歷史就是大個案

《實用歷史叢書》的基本概念，就是想把人類歷史當做一個（或無數個）大個案來看待。本來，「個案研究方法」的精神，正是因為相信「智慧不可歸納條陳」，所以要學習者親自接近事實，自行尋找「經驗的教訓」。

經驗到底是教訓還是限制？歷史究竟是啟蒙還是成見？——或者說，歷史經驗有什麼用？可不可用？——一直也就是聚訟紛紜的大疑問，但在我們的「個案」概念下，叢書名稱中的「歷史」，與蘭克（Ranke）名言「歷史學家除了描寫事實『一如其發生之情況』外，再無其他目標」中所指的史學研究活動，大抵是不相涉的。在這裡，我們更接近於把歷史當做人間社會情境體悟的材料，或者說，我們把歷史（或某一組歷史陳述）當做「媒介」。

・從過去了解現在

為什麼要這樣做？因為我們對一切歷史情境（milieu）感到好奇，我們想浸淫在某個時代的思考環境來體會另一個人的限制與突破，因而對現時世界有一種新的想像。

通過了解歷史人物的處境與方案，我們找到了另一種智力上的樂趣，也許化做通俗的例子我們可以問：「如果拿破崙擔任遠東百貨公司總經理，他會怎麼做？」或「如果諸葛亮主持自立報系，他會和兩大報紙持哪一種和與戰的關係？」

從過去了解現在，我們並不真正尋找「重複的歷史」，我們也不尋找絕對的或相對的情境近似性。「歷史個案」的概念，比較接近情境的演練，因為一個成熟的思考者預先暴露在眾多的「經驗」裡，自行發展出一組對應的策略，因而就有了「教育」的功能。

・從現在了解過去

就像費夫爾（L. Febvre）說的，歷史其實是根據活人的需要向死人索求答案，在歷史理解中，現在與過去一向是糾纏不清的。

在這一個圍城之日，史家陳寅恪在倉皇逃死之際，取一巾箱坊本《建炎以來繫年要錄》，抱持誦讀，讀到汴京圍困屈降諸卷，淪城之日，謠言與烽火同時流竄；陳氏取當日身歷目睹之事與史實印證，不覺汗流浹背，覺得生平讀史從無如此親切有味之快感。

觀察並分析我們「現在的景觀」，正是提供我們一種了解過去的視野。歷史做為一種智性活動，也在這裡得到新的可能和活力。

如果我們在新的現時經驗中，取得新的了解過去的基礎，像一位作家寫《商用廿五史》，用企業組織的經驗，重新理解每一個朝代「經營組織」（即朝廷）的任務、使命、環境與對策，竟然就呈現一個新的景觀，證明這條路另有強大的生命力。

我們刻意選擇了《實用歷史叢書》的路，正是因為我們感覺到它的潛力。我們知道，標新並不見得有力量，然而立異卻不見得沒收穫；刻意塑造一個「求異」之路，就是想移動認知的軸心，給我們自己一些異端的空間，因而使歷史閱讀活動增添了親切的、活潑的、趣味的、致用的「新歷史之旅」。

你是一個歷史的嗜讀者或思索者嗎？你是一位專業的或業餘的歷史家嗎？你願意給自己一個偏離正軌的樂趣嗎？請走入這個叢書開放的大門。

編輯室報告

《三國演義》是一本魅力十足的古典小說，流傳至今，除了小說本體之外，還衍生發展成為地方戲曲、京劇、廣播、電視、電影、電玩等素材。許多人也許沒有讀過羅貫中的《三國演義》，卻可能透過其他形式了解《三國演義》裡的諸多情節，諸如「桃園結義」、「三英戰呂布」、「華容道」、「過五關斬六將」、「空城計」等，對於《三國演義》裡的英雄人物或多或少都有些認識。其實三國的故事由來已久，但一直到羅貫中的《三國演義》出現後才橫掃三國故事，家喻戶曉。

《三國演義》是歷史小說，真實與虛幻共同出現在同一個舞台上，真真假假交替進行。許多人的三國常識來自於《三國演義》，小說情節取代了正史上的真實記載。譬如「劉關張桃園三結義」「關公溫酒斬華雄」「空城計」等皆非史實，劉關張不曾結義，斬華雄的是孫堅，空城計根本沒發生過，七分真三分假，其他與歷史記載不同之處更不在少數，這種「以假亂真」當然引起史學家的嚴酷批評，清朝的章學誠在《丙辰雜記》中提到：「三國演義七實三虛，惑亂觀者。七分寫實，三分虛構，讓讀者迷惑，不知何者為真，何者為假。」歷史學家基於對歷史的忠誠當然很難接受小說中的虛構成分，甚至是張冠李戴，人物錯亂。但就「小說」本質來看，他所要呈現的是人性的真實與藝術的價值。

說故事要引人入勝，情節與張力就要曲折變化，增添想像的空間。相較於清人章學誠的批評，明人謝肇制反而認為：「事太實則近腐，可以悅里巷小兒，而不足為士君子道也。」小說總是需要想像空間，完全忠於史實，反而覺得滋味全無，沒有像《水滸傳》《西遊記》一樣，憑空想像任意揮灑。其實《三國演義》已有三分虛構的成分，章學誠認為虛構的太多，謝肇制則感覺虛構部分還可加強，一個站在史的角度，一個則以文學觀點權衡，正好說明了《三國演義》的特質與豐富性。

《三國演義》既有承接於歷史的部分，包括陳壽的《三國志》與裴松之補注與其他史料，又有來自於民間說書的活力，包括從唐宋以來的說話人以及使用的話本。而將這兩部分融治於一爐的就是羅貫中。蒙古人鐵騎入主中原，並改國號為元朝，在蒙古人的統治之下，知識分子在十等人中比娼妓還不如，僅高過於乞丐，成了第九等的下等人，讀書人不受重視，因此轉往雜劇發展，將其憤怒之聲，通過雜劇發抒，當然也通過歷史故事藉古諷今。其實我們對羅貫中的了解很有限，但仍可從他留下的作品與當時的時代氛圍嗅出他對元朝統治者的不滿，王圻的《稗史彙編》就說他「有志圖王」，是一個有政治抱負的人。而從《三國演義》中，更可以看出羅貫中藉由三國史實，加上民間盛傳的三國英雄故事，進行了大改造，賦予三國故事更多可讀性、趣味性與弦外之音，其中當然包括他的胸中才學與苦悶。

沈伯俊先生浸淫研究《三國演義》已經有二十多年之久，用功甚深，見解深刻而全面，在兩岸三地華人地區享有盛譽。在本書《羅貫中與三國演義》中，對於三國史實與小說演義的廓清與爬梳整理，提供欲研究《三國演義》者重要的概念與理路，不至於失去應有之方向，是極具價值的參考書籍。而對於喜愛歷史與《三國演義》迷者，也辯證了許多觀念上的問題與人物的刻畫著墨。沈先生並認為《三國演義》的主題可以用一句話來概括——「嚮往國家統一，歌頌『忠義』英雄」，並認為羅貫中依靠這兩大坐標軸，把歷史評價與道德評判有機地融合在一起，使作品達到了難能可貴的高度和深度。

其實《三國演義》開宗就說，天下大勢合久必分，分久必合。分分合合的過程中，他所著眼的是英雄人物在這樣的舞台上的競相奔馳，三國時代毫無疑問是個提供時代青年盡情揮灑的時代，也是羅貫中嚮往的時代，因為他可以開展抱負盡其所學，即使不能至然心嚮往之。以羅貫中所處的時代而言，他所嚮往的未必真是國家統一，因為蒙古人建立的元朝實際上就是一個統一的王朝，他心中所冀是「反元復漢」的意識，並藉由「尊劉抑曹」的「明正統」來代替表徵。統一的議題不是羅貫中真正關心的，因為從統一到分裂，由分裂再到統一這是歷史的必然，差別的是誰來統一如何統一。

而在歌誦忠義英雄方面，無論是曹操、劉備、孫權等集團的文臣武將謀略智士，羅貫中基本上依據史書給予的評價論斷，不至於讓眾多人物因為小說技巧呈現的對比而模糊了視野。《三國演義》在人物的刻畫，無論是外在肖像的描寫或是人物動作擬態與內在心裡的反應，都有細膩精緻之處。沈伯俊先生所指出的「歌頌忠義英雄」是非常明確的主題意識，即使人物樣貌部分或有誇張之處，但卻無損於他的性格本質。

最後想要談到的則是書中的〈臨江仙〉詞：

滾滾長江東逝水，浪花淘盡英雄。是非成敗轉頭空，青山依舊在，幾度夕陽紅？白髮漁樵江渚上，慣看秋月春風。一壺濁酒喜相逢，古今多少事，都付笑談中。

這是明人楊慎的詞，清人毛宗崗在修訂《三國演義》時加入成為開卷詞。這闋詞呈現出令人玩味的人生態度，那是在經歷了人事蒼茫變化之後的超越與體悟。讀《三國演義》對這闋詞總是難以忘懷，他巧妙的詮釋了對人生對歷史的了悟，與《紅樓夢》以〈好了歌〉總綱全書旨要相同，而且還要更早。讀畢《三國演義》再回頭思索「臨江仙」詞，別有一番滋味。《三國演義》就是這樣富有魔力，令人愛不釋手，沈伯俊先生的才學與對三國的鑽研，更令人讚嘆，感慨與眼界遂深。（余遠炫執筆）

自序

沈伯俊

時間過得真快。屈指一算，我從事《三國演義》研究已經超過二十五年了。這是一個世紀的四分之一，也是一個正常人有效工作時間的大約一半——如果從大學畢業算起，能夠連續工作五十年的話。

我曾多次說過：在從事古代小說專業研究的漫長歲月裡，我對《水滸傳》、「三言二拍」、《儒林外史》、《鏡花緣》等作品也下過若干工大，也有一些研究計畫和成果；然而，耗費精力最多，鑽研最深的還是《三國演義》。其所以如此，當然有多種因素，而最主要的則是《三國演義》那強大的藝術魅力、豐厚的思想內涵、深廣的文化價值使我樂於為之上下求索，艱辛跋涉。

羅貫中是這樣一位人物：以世俗的眼光來看，他只是一個未得其時的下層文人；而從中國文學史的視角觀之，他又是一個雄視千古的偉大作家。儘管我們對他的生平業績已經難以弄清，但他的煌煌作品，尤其是《三國演義》，卻使他超越了同時代的幾乎所有名公巨卿、文人雅士，永遠輝耀於中國文學史和文化史。真是：

思彙千年融眾史，
筆生五色繪群英。

當今時代，本應是一個民主精神、平等意識深入人心的時代；然而實際上，由於某些有權有錢者的反面示範效應，由於某些庸俗媒體的鼓吹誘惑，也由於人們自身的庸懦和貪欲，身份崇拜、權勢崇拜、金錢崇拜卻常常大行其道。羅貫中的不朽創作，至少可以給我們一些有益的人生啓示。

同樣，《三國演義》是這樣一部作品：表面看來，我們似乎對它非常熟悉：諸葛亮、劉備、關羽、張飛、趙雲、馬超、黃忠、龐統、魏延、姜維、曹操、荀彧、郭嘉、夏侯惇、夏侯淵、張遼、張郃、司馬懿、司馬昭、孫策、孫權、周瑜、魯肅、張昭、黃蓋、甘寧、呂蒙、陸遜、董卓、呂布、袁紹……許多人可以隨口道來；「桃園結義」、「捉放曹」、「三英戰呂布」、「連環計」、「酣鬥小霸王」、「轅門射戟」、「煮酒論英雄」、「斬顏良誅文醜」、「過五關斬六將」、「古城會」、「三顧茅廬」、「單騎救阿斗」、「威鎮長坂橋」、「舌戰群儒」、「蔣幹盜書」、「草船借箭」、「苦肉計」、「火燒赤壁」、「華容放曹」、「三氣周瑜」、「義釋嚴顏」、「夜戰馬超」、「單刀赴會」、「威震逍遙津」、「百騎劫魏營」、「水淹七軍」、「刮骨療毒」、「火燒連營」、「失街亭」、「空城計」……許多人可以如數家珍。然而，細加推究，我們對它不瞭解的地方其實還有很多，例如：張飛究竟字「益德」還是「翼德」？貂蟬這位美女，究竟是歷史上實有的人物還是《演義》虛構的藝術形象？「鞭打督郵」、「溫酒斬華雄」、「火燒博望坡」等情節的來歷如何？……很多人都說不清楚。如果進一步探討，對它的誤解甚至曲解也不少。比如：有人把「桃園結義」簡單等同於「拜把子」，卻無視《演義》寫得明明白白的「桃園結義」的核心價值——「上報國家，下安黎庶」；有人戴著「權術」的有色眼鏡看問題，把英雄輩出、充滿擔當氣概和創新精神的漢末三國時代說成是各路豪傑為爭天下而勾心鬥角、毫無是非的歷史，把《三國演義》當作一部謀略教科書；有人不顧史書上已有的定評和《三國演義》的具體描寫，對劉備與諸葛亮的關係隨意猜度；有人以成熟於十九世紀的歐洲的現代文藝學理論框架來「套」中國古代小說，對《三國演義》的創作方法往往不能正確理解……凡此種種，都證明我們對羅貫中和《三國演義》的研究還遠遠不夠。

十七年前，我在拙作〈重新校理《三國演義》的幾個問題〉一文中曾經寫道：

作為中國古代長篇小說中罕見的傑作，《三國演義》問世六百多年來，對中華民族的精神文化生活產生了深遠的影響，已經成為公認的中國古典文學基本典籍之一，成為中國傳統文化精華的重要組成部分。隨著中華文化越來越廣泛地向海外傳播，它也被公認為世界文學名著之一。今天，《三國演義》不僅在國內家喻戶曉，而且在世界各地也擁有廣大的讀者群。可以肯定，在未來的歲月裡，無論是我們的子孫後代、海外華人，還是國外漢學家以及其他對中國感興趣的朋友，凡是想學習中國古典文學，研究中國傳統文化，瞭解中國封建社會的人，都將把《三國演義》當作必讀書。（原載《社會科學研究》一九九〇年第六期；收入拙著《三國演義新探》，四川人民出版社二〇〇二年五月第一版）

因此，對於那些從小習慣於吃麥當勞、漢堡包，看日本漫畫，聽美國流行音樂，而對中國傳統文化卻不熟悉的人們，應該普及《三國演義》。那些已經讀過甚至比較熟悉《三國演義》，對中國傳統文化有一定根基的朋友，則應該進一步深入瞭解《三國演義》。

正是出於這樣的認識，我在多年研究的基礎上，撰寫了這部《羅貫中與三國演義》，希望幫助廣大讀者正確地認識《三國演義》，深入地瞭解《三國演義》，從而激發大家的閱讀興趣，更好地繼承和發揚民族優秀傳統文化，為中華民族的振興貢獻力量。

這些年來，我與台灣遠流出版公司建立了良好的合作關係。在這金風送爽的收穫季節，本書即將問世了。在此，謹對遠流諸同仁，特別是主編游奇惠女士，表示誠摯的謝意。衷心希望在未來的歲月裡，我們的合作能夠結出更多的碩果！

二〇〇七年九月十四日
於錦里誠恆齋

目錄

貳 《三國演義》的思想意蘊

參 《三國演義》的人物形象

伍 《三國演義》的巨大影響

羅貫中與三國演義

壹

《三國演義》的成書、作者與版本

在中國小說史上，古典名著《三國演義》擁有六個第一：

一、它問世已經六百多年，是公認的我國第一部成熟的長篇小說；

二、它總共寫了一千二百多個人物，其中有名有姓的大約一千餘人，這在所有古典小說中位居第一；

三、根據它改編的文藝作品門類之廣，數量之多，在所有古典小說中肯定第一；

四、與它有關的名勝古蹟分布於全國各地，總數多達數百處，其他作品簡直無法望其項背，這又是第一；

五、與它有關的傳說故事數量之多，流傳之廣，在古典文學名著中同樣是第一；

六、論對中華民族的精神生活和民族性格的影響之廣泛與深遠，它無疑也是第一。它不僅在中國家喻户曉，而且在亞洲各國和其他地區廣泛傳播，在世界文學名著之林中也占有重要的地位。

這樣一部偉大的作品，它是怎麼形成的？

1. 從醞釀到成書

作為中國小說史上第一部成熟的作品，《三國演義》從故事醞釀到最終成書，經歷了漫長的過程。

◆說三國、話三國，何謂「三國時期」？

歷史上的三國時期（從公元二二〇年曹丕代漢建立魏國，到二八〇年西晉滅吳統一全國）僅有短短的六十年，加上此前的漢末時期（或曰「前三國時期」，從公元一六八年漢靈帝即位到二二〇年曹丕代漢），總共也只有一百餘年。在長達數千年的中國古代史上，這只是短暫的一瞬。然而，這一時期在整個中國歷史上卻影響極大。

首先，這是一個由朝政腐敗導致天下大亂、群雄割據，發展到三國鼎立，再逐步實現重新統一的歷史時期。在尖銳激烈、紛紜複雜的政治軍事鬥爭中，湧現出曹操、劉備、孫權、諸葛亮等傑出的政治家、軍事家和一大批富有文韜武略的優秀人才。正如魯迅先生所說：「當時多英雄，武勇智術，瑰偉動人。」（《中國小說史略》第十四篇）他們的功業與作為，鬥爭與聯合，在整個中國歷史上寫下了十分精彩的篇章。

其次，由於原來的封建專制統治秩序遭到嚴重的破壞，自西漢形成的儒學獨尊的一統天下已經瓦解，出現了繼春秋、戰國時期百家爭鳴之後哲學思想最為活躍的局面：道教創立，佛學傳播，玄學勃興，各種理論、各種學派互相爭辯，此消彼長，其深度和廣度雖然不及春秋、戰國時期的幾大學說，也沒有出現老子、孔子、墨子、孟子、荀子、莊子那樣傑出的思想家，但仍具有強大的震撼力，帶來了思想的解放、人性的覺醒和社會風氣的改變，對後世產生了極其深刻的影響。可以說，這是一個承先啓後，繼往開來，充滿變革與創新的時期，在政治制度、軍事理論、戰略戰術、哲學思想、文學藝術等方面都發生了巨大的變化，對後世產生了極其深遠的影響。僅就文學而言，三曹父子的氣勢文采、建安七子的慷慨磊落、禰衡蔡琰的悲憤淒切、阮籍嵇康的深沉激越，都深受歷代詩人墨客的推崇，並為他們所借鑑。

再次，這一時期又是中國歷史上民族關係發生重大轉折的關鍵時期。在此之前，中原地區一直由漢族占據統治地位。而這一時期結束之後僅僅十一年，即公元二九一年，腐朽的西晉統治者內部便發生了「八王之亂」；不久，匈奴貴族劉淵乘機起兵，導致西晉滅亡，「五胡十六國」相繼建立，然後是南北朝的長期對峙，少數民族入主中原將近三百年；直到隋朝統一南北，才重新恢復漢族在全國的主導地位。可以說，三國時期的歷史是漢族單獨統治中國的終點和少數民族建立中原統治政權的起點。兩漢盛世在此時結束，分裂戰亂的局面在此後開始。各民族之間的鬥爭、交流與融合，從此有了新的發展，呈現出與以往大不相同的面貌。這一劃時代的巨變，對廣大民眾心理的震撼極為深刻而久遠。

因此，從東晉以後，尤其是隋唐以後，三國時期便成為文人學士和廣大民眾特別關注的一段歷史。

◆史傳文學的敘述記載

．陳壽《三國志》

最早系統記載三國時期歷史的是西晉著名史學家陳壽的《三國志》。

陳壽（二三三～二九七），字承祚，巴西郡安漢縣（今四川南充）人。其父曾為蜀漢將領，任馬謖參軍；由於馬謖敗軍街亭，損兵折將，被諸葛亮斬首，陳壽之父也受到懲罰。陳壽本人生活在蜀漢後期和西晉前期。他曾師事著名學者譙周，擔任過蜀漢東觀祕書郎、散騎黃門侍郎。當時，宦官黃皓操縱權柄，許多朝臣都去巴結逢迎，陳壽卻正直不屈，因而屢遭貶黜。炎興元年（二六三），蜀漢被曹魏所滅。此時陳壽三十一歲，正是年富力強之時。兩年以後，司馬炎取代曹魏政權，建立西晉王朝。陳壽居家數年後，因司空張華欣賞其才華，舉為孝廉，歷任著作郎、平陽侯相❶、治書侍御史等職。曾於晉武帝泰始十年（二七四）編成《諸葛亮集》二十四篇。太康元年（二八〇），西晉滅吳，統一全國。四十八歲的陳壽開始系統收集整理魏、蜀、吳三國史料，並參考在他之前寫成的一些史書，如王沈的《魏書》、魚豢的《魏略》、韋昭的《吳書》等，經過大約十年的努力，撰成《三國志》六十五卷，包括《魏書》三十卷、《蜀書》十五卷、《吳書》二十卷。

《三國志》是一部紀傳體史書。陳壽身為晉臣，而西晉政權是由曹魏政權禪代而來，為了維護其合法性，陳壽不得不以魏國為「正統」，魏國君主均立為「紀」，而蜀漢、孫吳的君主則低一個規格，立為「傳」。然而。僅從《三國志》的書名就可以看出，陳壽實際上是把魏、蜀、吳三國視為平行的並立政權，並沒有故意抬高曹魏而貶低蜀、吳。從總體上看，陳壽在記載三國的歷史時，態度比較公允持平，基本上能秉筆直書。如對多次攻伐曹魏，又懲罰過自己父親的諸葛亮，他既不以成敗論英雄，也不挾私嫌而用曲筆，而是在〈諸葛亮傳〉中如實記載了諸葛亮一生的顯赫功績和崇高品德，並且滿懷仰慕之情，「評曰：諸葛亮之為相國也，撫百姓，示儀軌，約官職，從權制，開誠心，布公道……終於邦域之內，咸畏而愛之，刑政雖峻而無怨者，以其用心平而勸戒明也。可謂識治之良才，管（仲）、蕭（何）之亞匹矣。」這種公正求實的態度，加之取材嚴謹，文筆簡潔，使《三國志》享有「良史」的美名，與《史記》、《漢書》、《後漢書》合稱「前四史」。

陳壽的《三國志》也有不足之處，主要缺點是記載過於簡略，對一些重要的歷史事件和人物，有的語焉不詳，有的甚至遺漏，當時人的若干記載，他都沒有採用。例如，對三國歷史影響極大的赤壁之戰，陳壽的記載就不夠完整全面，有關材料分散於《魏書·武帝紀》、《蜀書·先主傳》、〈諸葛亮傳〉、《吳書·吳主傳》、〈周瑜傳〉、〈魯肅傳〉等不同人物的「紀」、「傳」中，每一篇的記載都相當簡略，有的記載還彼此矛盾。如《魏書·武帝紀》云：「公至赤壁，與（劉）備戰，不利。於是大疫，吏士多死者，乃引軍還。」完全不提東吳方面的作用。《蜀書·先主傳》、《吳書·吳主傳》都寫到孫、劉聯合抗曹，卻都不提「火攻」二字；只有〈周瑜傳〉記載比較完整。因此，如果僅看《三國志》正文，整個戰役的過程就顯得不夠具體，這就給後人留下一些遺憾乃至疑問。

．裴松之《三國志注》

到了南朝劉宋時期，史學家裴松之（三七二～四五一）廣泛搜集資料，於元嘉六年（四二九）寫成《三國志注》（簡稱「裴注」）。裴注引書多達二百餘種，主要是補充缺漏，記載異說，矯正謬誤，辨明是非，並對有關史家和著作予以評論，極大地彌補了《三國志》之不足，表現了史實的豐富性、生動性和多樣性，往往能夠以事見人，情趣盎然。

例如《三國志．魏書．武帝紀》說曹操「少機警，有權數，而任俠放蕩，不治行業」，卻沒有具體事例；裴松之在注中便引《曹瞞傳》中關於曹操「裝病誣叔」的記載予以補充，使曹操的「有權數」、「放蕩」得到生動形象的表現。

《武帝紀》記曹操年輕時，太尉橋玄很賞識他，對他說：「天下將亂，非命世之才不能濟也，能安之者，其在君乎！」這是對曹操的正面肯定和極高期望；裴松之注中又引孫盛《異同雜語》的記載：「嘗問許子將（即許劭）：『我何如人？』子將不答。固問之，子將曰：『子治世之能臣，亂世之奸雄。』太祖大笑。」這又是對曹操的能力和品格的更深刻的評價，有助於人們更全面地認識曹操。

《三國演義》第一回寫曹操出場時，羅貫中把這兩條注釋都用上了，使曹操的為人從一開始就給讀者留下了鮮明的印象。由於裴注所引之書絕大部分都已亡佚，這些注文便彌足珍貴。從此，《三國志》和裴注就形成一個整體，成為後人瞭解三國歷史的最主要的文獻依據。

・其他重要史籍

除了《三國志》和裴注之外，有關漢末三國歷史的重要史書還有《後漢書》、《華陽國志》、《漢晉春秋》、《資治通鑑》等。

《後漢書》由南朝宋史學家范曄（三九八～四四五）在前人已有的史料基礎上編撰而成，是記載東漢一代歷史的紀傳體史書。有關漢末的史料，此書所載較為全面；一些重要人物，如董卓、公孫瓚、陶謙、袁紹、袁術、劉表、呂布、劉焉等，此書和《三國志》中均有傳，而敍述往往比《三國志》詳細一些（但裴松之注中的一些材料，《後漢書》又沒有涉及）；另外一些人物，如何進、皇甫嵩、孔融、禰衡、左慈等，則僅此書有傳。因此，《後漢書》與《三國志》和裴注可以互相印證補充，給後人提供有關漢末人物和事件的更為豐富的史料。

《華陽國志》由東晉史學家常璩（約二九一～三六一）編撰，記述晉代梁、益、寧三州[2]（今四川省、陝西漢中地區及雲南、貴州各一部分）的歷史，是我國現存最早的一部地方志。其中有關蜀漢的史料，往往可以補《三國志》之不足。例如《三國志・蜀書・先主傳》寫道：「是時曹公從容謂先主曰：『今天下英雄，唯使君與操耳。本初之徒，不足數也。』先主方食，失匕箸。」記載了劉備初聞曹操之言的驚恐。裴松之注引《華陽國志》補充道：「于時正當雷震，備因謂操曰：『聖人云「迅雷風烈必變」，良有以也。一震之威，乃可至於此也！』」則記載了劉備的隨機應變。這樣，就為《三國演義》寫「煮酒論英雄」這一膾炙人口的情節提供了比較完整的資料。

《漢晉春秋》由東晉史學家習鑿齒（?～三八四）編撰，編年體，記述東漢光武帝至西晉愍帝二百八十一年間的歷史，已佚。此書記三國事，以蜀漢為正統，曹魏為篡逆，以司馬昭平蜀為漢亡而晉始興，直接以晉承漢，開歷史上「蜀漢正統論」之先聲。書中許多材料，也可補《三國志》之不足，為裴注所徵引。例如《三國志・蜀書・諸葛亮傳》記諸葛亮南征，僅有一句：「（建興）三年春，亮率眾南征，其秋悉平。」南征的具體過程全無，實在太簡略。裴松之注引《漢晉春秋》的記載則曰：「亮至南中，所在戰捷。」特別是敍述諸葛亮對孟獲「七縱七擒」，終於使孟獲感動，曰：「公，天威也，南人不復反矣。」這成為《三國演義》中「七擒孟獲」這一情節單元的主要依據。

《資治通鑑》（簡稱《通鑑》）是由北宋史學家司馬光（一〇一九～一〇八六）主持編纂的編年體史書。書中記三國史事，用魏年號，但司馬光特地聲明：「苟不能使九州合為一統，皆有天子之名而無其實者也……豈得獨尊獎一國謂之正統，而其餘皆為僭偽哉！」故不宜視此為「帝魏寇蜀」。《資治通鑑》的長處在於按照時間順序記載歷史事蹟，便於瞭解事件的過程。比如對於上面談到的赤壁之戰，《三國志》的記載顯得很零亂，《通鑑》則將分散於不同人物的「紀」、「傳」中的有關材料集中，排比取捨，順次敘述，給人的印象就完整得多了。此書的編年體形式，對《三國演義》的成書和敍事結構產生了重要影響。

◆通俗文藝的演義創作

在史傳系統之外，文學藝術，特別是通俗文藝，對三國歷史也一直抱有十分濃厚的興趣。

早在魏晉時期，在陳壽的《三國志》問世前後，就已出現了若干關於漢末三國的野史傳說。

南北朝時期，有關漢末三國的逸聞軼事和民間傳說日益增多。裴松之為《三國志》作注，其中就有一些傳聞故事，如曹操「借頭欺眾」、諸葛亮「空城計」、「死諸葛走生仲達」等。這一時期的志怪小說、志人小說中也有不少三國逸聞故事，如《搜神記》中的「麋竺路遇火神」、「于吉祈雨」、「管輅教趙顏獻酒脯于南、北斗以求延年」，《語林》中的「曹操詐稱夢中殺人」、「曹操床頭捉刀」，《世說新語》中的「望梅止渴」、「管寧割席」、「曹植七步作詩」、「鍾會『汗不敢出』之對」等等。

從隋唐起，三國故事成為通俗文藝最重要的創作素材。如《大業拾遺記》中的「水飾圖經」條，記載隋煬帝曾與群臣在曲水觀看「水飾」（浮在水面上的各種木刻造型），其中就有「曹瞞浴譙水，擊水蛟」、「魏文帝興師，臨河不濟」、「吳大帝臨釣台望葛玄」、「劉備乘馬渡檀溪」等三國故事造型，表明隋時三國故事已經廣泛流傳，並成為藝術表現的內容。唐代許多詩人都有詠懷三國之作，如李白的〈赤壁歌送別〉，杜甫的〈蜀相〉、〈八陣圖〉，劉禹錫的〈蜀先主廟〉、〈西塞山懷古〉，李賀的〈呂將軍歌〉，杜牧的〈赤壁〉，李商隱的〈籌筆驛〉，溫庭筠的〈過五丈原〉等，皆為名篇。李商隱的〈嬌兒詩〉中有這樣兩句：「或謔張飛胡，或笑鄧艾吃。」說明這時三國故事流傳更加廣泛，連兒童也相當熟悉。

到了宋代，隨著城市經濟的發展和市民階層的擴大，各種通俗文藝都得到長足發展，出現了更多的三國題材作品。戲曲方面，當時的「院本」已有「赤壁鏖兵」、「刺董卓」、「襄陽會」、「大劉備」、「罵呂布」等劇目；影戲中也有三國戲，宋人高承的《事物紀原》一書中的「影戲」條說：「宋朝仁宗時，市人有能談三國事者，或采其說加緣飾作影人，始為魏、蜀、吳三分戰爭之像。」同時，宋代「說話」藝術十分興盛，「說三國事」成為其中一項重要的內容。蘇軾的《東坡志林》有這樣一條記載：「王彭嘗云：『塗巷中小兒薄劣，其家所厭苦，輒與錢，令聚坐聽說古話，至說三國事，聞劉玄德敗，顰蹙有出涕者，聞曹操敗，即喜唱快。以是知君子小人之澤，百世不斬。』」這說明在「說三國事」中已經形成「尊劉貶曹」的思想傾向，並得到廣大群眾，包括兒童的共鳴。北宋末期，說話藝術中已經形成「說《三分》」的專科，出現了霍四究等著名的「說三分」專家，深受觀眾喜愛。

元代的三國題材創作有了更大的發展。戲曲方面，元雜劇中的三國戲相當豐富，我們今天知道的劇目就有將近六十種之多。元代許多著名的雜劇作家，如關漢卿、王實甫、高文秀、武漢臣、王仲文、尚仲賢、李壽卿、石君寶、金仁傑、鄭光祖等，都創作過三國戲。這些三國戲有幾個顯著特點：

第一，以諸葛亮、關羽、張飛、劉備等劉蜀方面人物為主角的劇目占全部三國戲的一半以上；即使是寫其他人物的，也普遍表現出「尊劉貶曹」的思想傾向。

第二，題材大多來源於民間傳說故事，有的題材雖有歷史依據，也已經過作者的幻化變異，與史實大相徑庭。

第三，藝術表現力強，故事完整，情節曲折，人物性格鮮明，語言生動流暢，富有感染力。其中一些優秀之作，如關漢卿的《關大王單刀會》、高文秀的《劉玄德獨赴襄陽會》、鄭光祖的《虎牢關三戰呂布》，數百年來一直膾炙人口。

小說方面，元代出現了彙集「說三分」成果的長篇講史話本，今天我們能夠看到的就有至治年間（一三二一～一三二三）建安虞氏刊刻的《三國志平話》，以及在此前後刊刻的《三分事略》。二者內容、風格基本相同，實為同一書在不同時間的兩個刻本，因而可以《三國志平話》為代表。

《三國志平話》共約八萬字，分為上中下三卷，以劉蜀集團的興衰為主線，大體按照歷史發展的時間順序講述了三國故事。其中許多情節，或直接取自民間傳說，或由藝人任意想像虛構；一些史書上有所記載的故事，經過藝人的改造，已與史實相距甚遠。全書敍述簡略，文字粗糙，不少地方缺乏必要的交代和銜接，可見它原是「說話」藝人講說三國故事的底本；但它每頁均為上圖下文（上面三分之一的空間是插圖，下面三分之二的空間是文字），看來又是可以供人閱覽的讀本。

從總體上看，《三國志平話》第一次將眾多的三國故事串連在一起，為《三國演義》的創作提供了一個簡率的雛形。

在史傳文學與通俗文藝這兩大系統長期互相影響、互相滲透的雙向建構的基礎上，元末明初的偉大作家羅貫中，依據《三國志》（包括裴注）、《後漢書》提供的歷史框架和大量史料，參照《資治通鑑》的編年體形式，對通俗文藝作品加以吸收改造，並充分發揮自己的藝術天才，終於寫成雄視百代的《三國演義》，成為三國題材創作的集大成者和最高典範。

❶平陽侯相，平陽侯國的相，相當於縣令。此處「平陽」係平陽侯的封地，並非陳壽籍貫；「平陽侯」亦非陳壽封爵。部分《三國演義》版本署「平陽陳壽」或「平陽侯陳壽」，誤。

❷梁州，三國魏景元四年（二六三）滅蜀後分益州置；寧州，西晉泰始七年（二七一）分益州置。因此，梁、益、寧三州大致相當於原來的益州。

2. 羅貫中究係何許人？

◆籍貫的爭議

對於《三國演義》的作者羅貫中，我們至今知道得不多。明代人有關他的記載極少，彼此還有一些出入。自二十世紀三十年代以來，最受人重視的是《錄鬼簿續編》的一段記載：

> 羅貫中，太原人，號湖海散人。與人寡合。樂府、隱語，極為清新。與余為忘年交，遭時多故，各天一方。至正甲辰復會，別來又六十年，竟不知其所終。

《錄鬼簿續編》的作者，一般認為是元末明初戲曲作家賈仲明。他生於一三四三年，至正甲辰（即至正二十四年，公元一三六四年）曾經與羅貫中「復會」，當時他二十二歲（虛歲），四年以後，即至正二十八年（一三六八），元朝就滅亡了。羅貫中既然是他的「忘年交」，年齡至少應該比他大二、三十歲以上，那麼，羅貫中的生年大約在一三二〇至一三三〇年左右；如果按享年七十歲計算，其卒年大約在一三九〇至一四〇〇年左右。這當然只是一個粗略的估計。也有學者認為《錄鬼簿續編》的作者是無名氏，即使是這樣，羅貫中仍然是這位無名氏的長輩，其生年應在元代中、後期，其卒年也應在明初。我們說羅貫中是元末明初作家，根據就在這裡。既然如此，《三國演義》當然就成書於元末明初了。

不過，《錄鬼簿續編》的記載面臨一個問題：它記的是雜劇作家羅貫中，在上引那段話後，僅列其雜劇三種：《風雲會》、《蜚虎子》、《連環諫》，而未及其他。那麼，這位雜劇作家羅貫中，是否必然等於小說《三國演義》的作者羅貫中？這原本是需要證明的；然而，卻從來沒有人證明過！有人說，《錄鬼簿續編》的作者與羅貫中相識和「復會」時，羅貫中還沒有寫小說，直到他晚年才開始寫《三國演義》，所以《續編》沒有提到《三國》。但這只是一種推測，並無任何證據。儘管如此，由於資料實在太少，包括筆者在內的絕大多數學者都不忍心否定這條記載，只是對其解讀存在不同的意見。

2. 根據一些早期《三國演義》版本的題署和明代學者郎瑛的《七修類稿》、高儒的《百川書志

》、田汝成的《西湖遊覽志餘》、胡應麟的《少室山房筆叢》的記載，羅貫中名「本」，「貫中」是他的字。關於他的籍貫，明代以來有「東原」（今山東東平）、「太原」（一般認為指今山西太原）、「杭州」或「錢塘」（均指今浙江杭州）等幾種說法。

「東原」說的主要根據，一是弘治甲寅（一四九四）庸愚子（蔣大器）的〈三國志通俗演義序〉中有「東原羅貫中」一語，二是嘉靖元年（一五二二）本《三國志通俗演義》等早期《三國》版本的題署；「太原」說的主要根據是《錄鬼簿續編》的記載；「杭州」說的主要根據是明代郎瑛的《七修類稿》和王圻的《續文獻通考》的記載；「錢塘」說的主要根據則是明代田汝成的《西湖遊覽志餘》的記載。絕大多數學者認為，「杭州」或「錢塘」是羅貫中晚年經常來往之地，並非其籍貫。於是，問題便成了「東原」說與「太原」說之爭。

大半個世紀以來，許多學者把《錄鬼簿續編》的記載視為理所當然的「鐵證」，因而「太原」說成為主流觀點。

然而，二十世紀八十年代以來，一些學者對此提出了種種質疑，認為羅貫中作品本身的題署，比「忘年交」的回憶更為可靠；即使「忘年交」沒有誤記，後人也有可能誤抄；因此，「東原」說更為可信❶。

到了九十年代，有學者提出：歷史上有過三個太原郡，兩個太原縣，分別在今天的山西、寧夏、山東。《錄鬼簿續編》所說的「太原」，很可能是指東晉、劉宋時期設置的「東太原」，即山東太原，與「東原」實為一地。這樣，就為「東原」說與「太原」說打通了聯繫，朝著問題的解決前進了一步。

不過，由於直接證據不足，「東原」說與「太原」說仍在爭論之中，尚未形成定論。

◆羅貫中的交遊

關於羅貫中的交遊，可靠的文獻極其難得。

有的學者發現元代理學家趙偕的《趙寶峰先生文集》卷首有一篇〈門人祭寶峰先生文〉，門人名單中有一個「羅本」，認為他就是《三國演義》的作者羅貫中。

有的學者還進一步依據門人之間「序齒」（按年齡大小的順序排列）的通例，推算出這個「羅本」的生年當在一三一五至一三一八年。

然而，又有學者指出，這個名單中的「羅本」與《三國演義》的作者羅貫中並非同一個人。

此外，明代王圻的《稗史彙編》卷一百三《文史門・雜書類》說羅貫中是「有志圖王者」；清代又有人說他曾在元末割據稱雄的張士誠手下當過幕僚，曾作《水滸傳》來諷諫張士誠。但這些記載都語焉不詳，更未說明材料來源。

不過，許多人根據《三國》、《水滸》擅長描寫政治軍事鬥爭的特點，傾向於接受羅貫中「有志圖王」的說法。

明清以來還流傳著羅貫中是施耐庵門人的說法，但學術界對有關記載是否可信尚有不同看法。在這種情況下，要想勾畫出羅貫中的生平概貌，暫時還難以辦到，這是多麼令人遺憾的事啊！

◆羅貫中的著作

羅貫中是一個才華橫溢的通俗文藝作家，憑著廣泛的閱歷和驚人的創造力，他留下了豐厚的著作。今天人們知道的署名羅貫中的作品，主要有以下幾種：

雜劇三種：《宋太祖龍虎風雲會》（簡名《風雲會》）、《三平章死哭蜚虎子》（簡名《蜚虎子》）、《忠正孝子連環諫》（簡名《連環諫》）（按：僅存《宋太祖龍虎風雲會》一種），均見《錄鬼簿續編》的著錄，學術界沒有爭論。

小說五種：《三國演義》、《水滸傳》、《隋唐志傳》、《殘唐五代史演義傳》、《三遂平妖傳》。羅貫中對這五部小說的著作權，大致可以分為三種情況：

第一種，著作權明確屬於羅貫中的，包括《三國演義》和《三遂平妖傳》，這一向得到學術界的公認。

第二種，著作權有爭議的，指《水滸傳》。自明代以來，關於《水滸傳》的作者有三種說法：一、羅貫中作；二、施耐庵作；三、施耐庵、羅貫中合作（包括「施耐庵的本，羅貫中編次」、「施耐庵集撰，羅貫中纂修」、「施作羅續」等提法）。一般認為，羅貫中參與了《水滸傳》的創作，對《水滸傳》至少擁有部分著作權。

第三種，並非羅貫中所作而是後人託名的，包括《隋唐志傳》和《殘唐五代史演義傳》❷。

可以肯定地說，僅僅《三國演義》這一部作品，就足以使羅貫中成為中國文學史上最傑出的作家之一而享譽千秋。

---

❶參見拙文〈關於羅貫中的籍貫問題〉一文，原載《海南大學學報》一九八七年第二期，收入拙著《三國演義新探》（四川人民出版社二〇〇二年版）。

❷參見本人《隋唐志傳》、《殘唐五代史演義傳》校點本〈前言〉，巴蜀書社一九九九年版。另見拙作〈《隋唐志傳》非羅貫中所作〉（載《明清小說研究》一九九七年第四期）；〈《殘唐五代史演義傳》亦非羅貫中作品〉。兩文均收入拙著《三國演義新探》。

3. 《三國演義》的版本源流

《三國演義》問世以後，受到社會各界的廣泛歡迎。經過一段時間的「爭相謄錄」，出現了多種刻本，僅現存的明代刊本就有二十幾種。

其中最早的是嘉靖壬午（即嘉靖元年，公元一五二二年）刊刻的《三國志通俗演義》（簡稱「嘉靖元年本」），題「晉平陽侯（相）陳壽史傳，後學羅本貫中編次」，卷首有庸愚子（蔣大器）的〈三國志通俗演義序〉和修髯子（張尚德）的〈三國志通俗演義引〉，全書二十四卷，二百四十回。

與嘉靖元年本書名相近的還有萬曆十九年（一五九一）金陵周曰校刊本《新刊校正古本大字音釋三國志通俗演義》（簡稱「周曰校本」）、夏振宇刊本《新刊校正古本大字音釋三國志傳通俗演義》（簡稱「夏振宇本」）等。

此外，萬曆至天啓年間，出現了多種題為《三國志傳》的版本（簡稱「志傳本」），均為二十卷；還有題署《李卓吾先生批評三國志》的版本（簡稱「李卓吾評本」，實際上是葉晝的評本），一百二十回。

到了清代康熙年間，毛綸、毛宗崗父子在「李卓吾評本」的基礎上，整頓回目，修正文辭，削除論贊，增刪瑣事，改換詩文，進行全面修改，並且加以系統的批評，成為新的一百二十回本（本名《四大奇書第一種》，通稱「毛本《三國演義》」，簡稱「毛宗崗評改本」或「毛本」）。從此，毛本便戰勝一切舊本，成為三百餘年來最為流行的版本，今存的清代刻本尚有數十種之多。

《三國》版本數量之多，各種版本之間關係之複雜，都堪稱古代小說之最。過去一個長時期中，人們對此缺乏認真細緻的研究，誤以為《三國》的版本問題比較簡單，對各種版本的關係形成這樣一些普遍性的錯誤認識：一、嘉靖元年本是最接近羅貫中原作的版本，甚至就是羅氏原本；二、以後的各種版本都是由嘉靖元年本派生出來的；三、因此，在眾多的《三國》版本中，最值得重視的只有嘉靖元年本和毛本兩種。

自一九七六年以來，國內外的《三國》研究專家進行了一系列新的探索，提出了一些重要的觀點；特別是一九八七年一月中國《三國演義》學會在昆明舉行《三國演義》版本討論會以來，這一方面的研究更是取得了較大進展。今天，我們已經可以對《三國》的版本源流提出這樣一些基本見解：

一、《三國演義》的各種明代刊本，並非像過去所說的「都是以嘉靖本為底本」，多種《三國志傳》是自成體系的。只要將諸本《三國志傳》與嘉靖元年本加以比較，就可以看到這樣幾點明顯的區別：

1.志傳本回目參差不齊，而嘉靖元年本回目則全為整齊的七字句式。如果志傳本以嘉靖元年本為底本，這種現象就沒有理由存在。

2.志傳本均為二十卷，每卷十二回；而嘉靖元年本則為二十四卷，每卷十回。如果志傳本以嘉靖元年本為底本，刻印者就沒有必要改變卷數和卷、回的隸屬關係；即使個別刻印者有意如此，也不會出現所有的刻印者都一致改變的現象。

3.志傳本與嘉靖元年本文字出入甚大。一方面，志傳本敘事粗蕪簡略，嘉靖元年本則作了較多潤飾加工。另一方面，嘉靖元年本若干文字錯訛之處，志傳本卻不誤；嘉靖元年本某些敘事脫漏之處，志傳本卻完全合榫。如果志傳本以嘉靖元年本為底本，這種現象也難以解釋。

由此可見，諸本《三國志傳》雖然刊刻時間晚於嘉靖元年本，但卻另有所本。

二、從與羅貫中原作的關係來看，《三國志傳》的祖本比較接近羅貫中的原作，甚至可能就是羅貫中的原作（當然，不同的志傳本的刻印者可能都有所改動）；而嘉靖元年本則是一個經過較多修改加工，同時又頗有錯訛脫漏的版本。用這一觀點來看上面談到的志傳本與嘉靖元年本的幾點區別，就好理解了。比如回目字數，志傳本回目參差不齊，應該是保留了原本的面貌；嘉靖元年本則修改成了整齊的七字句。同樣，志傳本不誤而嘉靖元年本錯訛之處，也應視為志傳本和嘉靖元年本分別來自羅貫中原本，而後者在傳抄刊刻中發生了錯漏。不過，仍有學者堅持嘉靖元年本更接近羅貫中原作的面貌。

三、從版本形態的角度來看，《三國演義》的版本主要有三個系統：

1.《三國志傳》系統（又可分為繁本、簡本兩個子系統）；

2.《三國志通俗演義》系統；

3.毛宗崗父子評改本《三國志演義》系統（毛本雖然源於明本，但因面貌已與明本大有區別，故自成一個系統）。

此外，「李卓吾評本」雖然屬於《三國志通俗演義》系統，但因其承先啓後，獨具特色，乃是後來一些重要版本的底本，也可視為一個相對獨立的重要的子系統。

四、從版本演變的角度來看，《三國志傳》與《三國志通俗演義》兩大系統是分別傳承嬗變的（二者之間也互有借鑑吸收）。《三國志傳》系統雖然祖本來源較早，刻本甚多，但因比較粗蕪簡略而逐漸被淘汰。《三國志通俗演義》系統則因文字較好而更受文人關注，經其評改而不斷演進，代表了《三國》版本演變的主流，其演進的主要軌跡是：羅貫中原本→周曰校本或夏振宇本→「李卓吾評本」→毛本。

上述認識，比之過去的確已經有了很大進步，但還有待於繼續深入。

貳

《三國演義》的思想意蘊

《三國演義》是一部中國封建社會百科全書式的作品，具有極其博大而深厚的思想內涵。羅貫中以三國歷史為題材，融匯自己的切身經歷，進行了深刻的歷史反思。他通過作品透視了封建社會治亂興衰的複雜現象，反映了廣大人民渴望統一，反對分裂，擁護仁政，反對暴政的根本要求；他描寫了變幻莫測的政治、軍事、外交鬥爭，總結了各個政治軍事集團成敗的經驗；他把諸葛亮塑造為民族智慧的化身，極大地鼓舞了人們對自身能力的信心，促使人們在鬥爭實踐中不斷豐富和發展自己的智慧；他表現了一個又一個人物的性格悲劇和命運悲劇，給人以強烈的精神震撼……總之，《三國演義》猶如一個巨大的多稜鏡，閃射著多方面的思想光彩，給不同時代、不同階層的人們以歷史的教益和人生的啓示。

1.

「道」與「術」

許多人認為，《三國演義》的主要精髓是謀略。我認為，這種看法是不全面的。誠然，《三國演義》給人印象最深的一個方面，就是擅長戰爭描寫。全書以公元一八四年的黃巾起事開端，以公元二八〇年的西晉滅吳收尾，反映了從漢末失政到三分歸晉這一百年間的全部戰爭生活，描寫了這一時期的所有重要戰役和許多著名戰鬥，大大小小，數以百計。接連不斷的戰爭描寫，構成了小說的主要內容，占了全書的大部分篇幅。而在戰爭描寫中，作者信奉「知彼知己，百戰不殆」的軍事規律，崇尚「鬥智優於鬥力」的思想，總是把注意力放在對制勝之道的尋繹上。因此，雖寫戰爭，卻不見滿篇打鬥；相反，書中隨處可見智慧的碰撞、謀略的較量，而戰場廝殺則往往只用粗筆勾勒。可以說，千變萬化的謀略確實是全書精華的重要部分。

然而，謀略並非《三國演義》的主要精髓，更非書中精華的全部。

在中國傳統文化思想體系中，「道」是最高層次的東西。「道」有多義，首先是指自然和社會的根本規律，通常指正義的事業，所謂「得道多助，失道寡助」是也。因此，它也是處事為人的基本原則。謀略則屬於「術」，是第二層次的東西，是為「道」服務的，必須受「道」的指導和制約。

作為一位傑出的進步作家，羅貫中認為，符合正義原則，有利於國家統一、民生安定的謀略才是值得肯定和讚美的，而不義之徒害國殘民的謀略只能叫做陰謀詭計。

因此，只有代表作者理想的諸葛亮才被塑造為妙計無窮的謀略大師、中華民族智慧的化身。曹操的謀略可謂高矣，但羅貫中對他卻並不喜愛，而是有褒有貶：對曹操有利於國家統一、社會進步的謀略，羅貫中予以肯定性的描寫；而對他損人利己、背信棄義的各種伎倆，則毫不留情地予以抨擊。

綜觀全書，羅貫中從未放棄道義的旗幟，從未不加分析地肯定一切謀略；對於那些野心家、陰謀家的各種陰謀權術，他總是加以揭露和批判；對於那些愚而自用者耍的小聰明，他往往加以嘲笑。可以說，《三國演義》寫謀略，具有鮮明的道德傾向，而以民本思想為準繩。後人如何看待和借鑑《三國演義》寫到的謀略，則取決於自己的政治立場、道德原則和人生態度。如果有人讀過《三國演義》卻喜歡搞小動作，那是他自己心術不正，道德有虧，與羅貫中無關；恰恰相反，那正是羅貫中反對和批判的。

2.《三國演義》的主要精髓

那麼，《三國演義》的主要精髓是什麼呢？我認為，《三國演義》豐厚的思想內涵，主要表現在四個方面。

◆對國家統一的嚮往

中華民族有著極其偉大的聚合力，維護國家的統一與安定，是我們民族一貫的政治目標，是一個牢不可破的優良傳統。

幾千年來，由於種種原因，我們民族曾經屢次被「分」開，飽受分裂戰亂之苦。但是，每遭受一次分裂，人民總是以驚人的毅力和巨大的犧牲，清除了分裂的禍患，醫治了戰爭的創傷，促成重新統一的實現。在那「出門無所見，白骨蔽平原」的漢末大動亂時期，以及羅貫中生活了大半輩子的元代末年，廣大人民對國家安定統一的嚮往更是特別強烈。羅貫中敏銳地把握了時代的脈搏，通過對漢末三國時期歷史的藝術再現，鮮明地表達了廣大人民追求國家統一的強烈願望。這是《三國演義》的政治理想，也是其人民性的突出表現。

有人往往用「合久必分，分久必合」來概括《三國演義》的主要內容。其實，這只是一種省事的說法，雖然方便，卻並不準確。

首先，這種說法的基礎是毛宗崗評改本《三國》開頭的第一句：「話說天下大勢，分久必合，合久必分」，而明代各種版本卻根本沒有這句話，不能隨意用它表述羅貫中的創作意圖。

其次，《三國演義》雖然表現了東漢末年由「合」到「分」的過程，但這種「分」並不反映作者的願望，恰恰相反，作者對這一段「分」的歷史是痛心疾首的。作者傾注筆墨重點描寫的，倒是「天下歸一」的歷史趨勢，是由「分」到「合」的過程，是各路英雄豪傑為重新統一而艱苦奮鬥的豐功偉績。

因此，儘管人們可以借用這句話表達某些感受，但卻不應用它來總括《三國》全書的中心思想。

◆對政治和政治家的評判與選擇

人們常常談到《三國演義》「尊劉貶曹」的思想傾向，有人還把這稱為「封建正統思想」。其實，「尊劉貶曹」的思想傾向，早在宋代就已成為有關三國的各種文藝作品的基調，羅貫中只是順應廣大民眾的意願，繼承了這種傾向。

羅貫中之所以「尊劉」，並非簡單地因為劉備姓劉（劉表、劉璋也是漢室宗親，而且家世比劉備顯赫得多，卻每每遭到貶抑和嘲笑；漢桓帝、漢靈帝這兩個姓劉的皇帝，更是作為昏君的典型而成為作者鞭撻的對象），而是由於劉備集團一開始就提出「上報國家，下安黎庶」的口號，為恢復漢家的一統天下而不屈奮鬥，不懈努力，被宋元以來具有民族思想的廣大群眾所追慕；另一方面，這個集團的領袖劉備的「仁」、軍師諸葛亮的「智」、大將關羽等人的「義」，也都符合羅貫中的道德觀。這兩方面的原因，使得羅貫中把劉備集團理想化而予以熱情歌頌。

另一方面，羅貫中之所以「貶曹」，是因為曹操作為「奸雄」的典型，不僅不忠於劉氏王朝，而且常常屠戮百姓，摧殘人才，作品對其惡德劣行的描寫大多於史有據，並非有意「歪曲」；而對曹操統一北方的巨大功績，對他在討董卓、擒呂布、掃袁術、滅袁紹、擊烏桓等重大戰役中所表現的非凡膽略和智謀，羅貫中都作了肯定性的描寫，並沒有隨意貶低。

由此可見，「尊劉貶曹」主要反映了廣大民眾按照「撫我則后，虐我則仇」（《尚書．泰誓下》）的標準對封建政治和封建政治家的評判與選擇，具有歷史的合理性；對此不應作片面的理解，更不應簡單地斥之為「封建正統思想」。

◆對歷史經驗的總結

《三國演義》以很大篇幅描寫了漢末三國變幻莫測的政治、軍事、外交鬥爭，總結了各個集團成敗興衰的歷史經驗，突出強調了爭取人心、延攬人才、重視謀略這三大要素的極端重要性。

董卓集團逆人心而動，敗壞朝綱，殘害百姓，荒淫腐朽，導致天下大亂，完全是一夥與天下蒼生為敵的狐群狗黨，混世魔王，作品便不遺餘力地予以鞭撻。

袁術狂妄自大，輕薄無能，既不注意延攬人才，又無明確的戰略目標，更不顧百姓死活，卻急於過皇帝癮，縱情享樂，大失人心，作品也予以嚴厲批判。

袁紹雖然頗有雄心，其集團一度聲勢赫赫，實力雄厚，但由於袁紹胸無偉略，見事遲緩，坐失戰機；不辨賢愚，用人不當，以致關鍵時刻內訌不已；心胸狹隘，文過飾非，甚至害賢掩過，終於只能成為曹操的手下敗將，無可挽回地走向滅亡。

相比之下，劉備、曹操、孫權三大集團在這三方面各有所長。

劉備歷經磨難，卻始終堅持「舉大事必以人為本」的信念，深得民心；求賢若渴，「三顧茅廬」堪稱千秋佳話；傾心信任諸葛亮，既有正確的戰略方針，又有靈活多變的謀略戰術。

曹操雖然心術不正，卻也十分注意爭取人心，延攬人才，手下猛將如雲，謀臣如雨；在戰略戰術上，他也高出同時諸雄。

孫權手下也是人才濟濟，周瑜、魯肅、呂蒙、陸遜四任統帥均為一時之傑，而且有著明確的戰略目標。

因此，在眾多政治軍事集團中，劉、曹、孫三大集團得以脫穎而出，形成三分鼎立的局面。

需要強調的是：這裡把謀略列為克敵制勝的三大要素之一，是在上面談到的以「道」制「術」的前提下，在得人心、得人才的基礎上來說的。離開道義的前提，離開得人心、得人才的基礎，單憑謀略，那是難以成功的；即使暫時得勢，也是無法持久的。

當代一些人把謀略簡單地等同於權術，並且過分誇大權術的作用，視之為人生成敗的關鍵。這種認識是非常有害的。在現實生活中，不管是科學家、人文工作者、教師、學生，還是工人、農民、企業家、運動員，取得成功的起碼條件都是踏實為人，勤奮工作，而不是在人際關係上玩花招，搞權術。靠權術混世的人，哪怕暫時謀取到了地位、權勢和金錢，也會被人鄙視。即使是政治家，也必須以正確務實的治國綱領、清正廉潔的人格操守、謙虛誠懇的工作態度來爭取民眾的支持，而不能憑權術欺世盜名；如果迷信權術，自欺欺人，只能蒙混一時，卻終將被民眾拋棄，被後世唾罵。

◆對理想道德的追求

在藝術地再現漢末三國的歷史，描繪形形色色的人物的時候，羅貫中不僅表現了對國家統一、清平政治的強烈嚮往，而且表現了對理想道德的不懈追求。在這裡，他打起了「忠義」的旗號，把它作為臧否人物、評判是非的主要道德標準。

通觀全書，有許多謳歌理想道德的動人故事。為了忠於「桃園之義」，關羽不為曹操的優禮相待所動，毅然掛印封金，千里跋涉，尋訪兄長；為了實踐「不求同年同月同日生，只願同年同月同日死」的誓言，劉備不顧一切地要為關羽報仇，甚至寧可拋棄萬里江山；為了報答劉備的知遇之恩、託孤之重，諸葛亮殫精竭慮，南征北伐，不屈不撓，死而後已……當然，對「忠義」這一概念要作具體分析。

作為封建時代具有一定進步傾向的文人，羅貫中的「忠義」觀不可能越出封建思想的藩籬，但也確實融合了人民群眾的觀念和感情。他的所謂「忠」，常常指一心不貳地為封建王朝奔走效勞，甚至只是為某一集團的領袖賣命捐軀；但也常常指對國家、民族的忠貞不二，對理想、事業的矢志如一，鞠躬盡瘁。他的所謂「義」，用在政治原則上，有時是封建綱常的代名詞，有時又是堅持真理、鞭撻邪惡的同義語；用在人際關係上，往往以個人恩怨為轉移，但也常常指對平等互助、患難相依的真誠追求……這種犬牙交錯的狀況，使得《三國演義》的「忠義」呈現出複雜的面貌；但就主導方面而言，它反映了中華民族傳統的價值觀、道德觀中積極的一面，值得後人批判地吸收。

3. 釐清兩個誤解

在這裡，我想順便回答兩個常見的誤解。

◆「桃園結義」的核心價值是什麼？

說到「桃園結義」，人們最容易聯想到的是誓詞中「不求同年同月同日生，只願同年同月同日死」兩句，以為這就是劉關張結義的核心價值。其實，這只是一種表面化的認識，並未抓住問題的實質。這兩句誓詞，僅僅表示了忠於兄弟情誼的決心，卻並未涉及結義的宗旨和奮鬥目標。

那麼，「桃園結義」的價值追求究竟是什麼？

我認為，《三國演義》第一回已經寫得很清楚，就是誓詞中的四句話：「同心協力，救困扶危；上報國家，下安黎庶」。其中的核心價值則是後面八個字：「上報國家，下安黎庶」。正是這八個字，使得劉關張的結義具有了崇高的政治目標，使他們不僅與董卓集團那樣害國害民的狐群狗黨有著天淵之別，與袁術集團那樣趁著亂世占山為王卻不顧百姓死活的軍閥判若雲泥，也與形形色色以利相交的狹隘小集團不可同日而語。因此，「上報國家，下安黎庶」成為劉關張高高舉起的一面正義旗幟，成為劉蜀集團得人心的根本原因。羅貫中將這八個字寫入劉關張結義的誓詞，使《三國演義》中的「桃園結義」超越了一般通俗文藝，達到了新的精神境界。

由於《三國演義》的巨大影響，後世模仿「桃園結義」者甚多，民間結社、幫會組織也往往仿效結義的形式，宣稱「不求同年同月同日生，只願同年同月同日死」。一些人以某些幫會組織乃至黑社會也有這類言詞為口實，指責《三國演義》影響不好，這是一種脫離作品實際、缺乏歷史觀念的皮相之見。其實，結義只是一種形式，關鍵在於結義的目的是什麼，結義之人實際上做什麼。「桃園結義」的目標是「上報國家，下安黎庶」，劉關張也是努力這樣做的，與那些為了小團夥的私利而危害社會大眾的黑社會豈能混為一談？如果有人要拜把子幹壞事，這就已經與「桃園結義」的目標背道而馳了，與《三國演義》有什麼關係呢？即使是現代社會，同為社會團體、政黨，也因其奮鬥目標、實際行動不同而有好壞之分，豈可一概而論？

◆諸葛亮是「愚忠」嗎？

多年來，一些人談到諸葛亮的「忠」時，每每貶之為「愚忠」。我認為，這又是一種片面之見。

什麼是「愚忠」？就是對國君個人盲目的、毫無原則、毫無主見、逆來順受，因而是愚昧的「忠」。不管國君善惡如何，行事是非怎樣，一律俯首帖耳，唯唯諾諾，不敢有任何懷疑，更不敢有任何違忤；即使國君荒淫殘暴，濫殺無辜，也不敢諫阻指斥；哪怕毫無道理地殺到自己頭上，也只知說什麼「天子聖明，罪臣當誅」的昏話；甚至國君腐朽亡國，仍一味追隨，以死效忠。

在漫長的專制社會裡，最高統治者為了一己私利，總是不斷地集中權力，為所欲為，不願受到任何制約；同時又總是要求臣民對自己無條件地效忠，鼓勵愚忠，宣揚愚忠。以至愚忠成為一般臣民普遍的道德信條，嚴重地閹割了民族精神，阻礙了社會進步。因此，現代人反對愚忠，批判愚忠，是完全應該的。

然而，任何問題都必須具體分析。儘管封建統治者竭力提倡愚忠，但千百年來，總有許許多多的志士仁人，信奉孟子「民為貴，社稷次之，君為輕」的民本思想，把對國家、民族的忠誠與對國君個人的盲從加以區分，在不同程度上擺脫愚忠的桎梏：或對國君的惡德劣行予以批評抵制，直言極諫；或勇於為民請命，不顧自身安危得失。即使在君權最蠻橫霸道的明清兩代，也有一些思想解放者，敢於貶斥和蔑視君權。明末清初的大思想家黃宗羲在其名篇〈原君〉中便猛烈批判皇帝「敲剝天下之骨髓，離散天下之子女，以奉我一人之淫樂」的惡行，並發出驚世駭俗的痛斥：「然則為天下之大害者，君而已矣！」

那麼，《三國演義》中的諸葛亮，是怎樣處理與其君主劉備、劉禪父子的關係呢？認真閱讀作品就可以看到：諸葛亮確實忠於劉蜀集團；但這不是不分青紅皂白的「愚忠」，而是以帝王師的身分，忠於自己的理想和事業，自有其積極意義。

在《三國演義》中，羅貫中把諸葛亮寫成一人之下，萬人之上，大權在握，指揮一切的統帥，竭力突出他在劉蜀集團中的關鍵地位和作用。他既是劉備的主要輔佐，又是劉備的精神導師。在劉備面前，諸葛亮總是直抒己見；如劉備言行不當，或正色批評，或直言勸誡，劉備則總是虛心聽從，甚至道歉認錯（惟拒諫伐吳是一例外，但隨後便「吃虧在眼前」了）；在過江招親這類大事上，他乾脆代劉備作主，劉備也一一照辦。如此舉止，正反映了其「帝王師」心態，哪有一點畏畏縮縮的猥瑣？哪有一點「愚忠」者的卑微？

劉備臨終，慨然託孤於諸葛亮，並遺詔訓誡太子劉禪：「卿與丞相從事，事之如父。」劉禪即位後，謹遵父親遺命，對諸葛亮極為敬重，充分信任，「凡一應朝廷選法、錢糧、詞訟等事，皆聽諸葛丞相裁處。」此後的十二年間，儘管他早已成年，完全可以自作主張，卻一直把軍政大權都交給諸葛亮，十分放心。如此放手讓輔政大臣行使職權，不疑心，不搗亂，不橫加干涉，在整個封建時代實不多見。諸葛亮呢？也一直恪守「竭股肱之力，盡忠貞之節，繼之以死」的諾言，既是支撐蜀漢政局的擎天棟梁，又是擁有「相父」之尊的劉禪的精神靠山。

誠然，諸葛亮最終為蜀漢獻出了全部智慧和心血，做到了「鞠躬盡瘁、死而後已」。這裡當然有報答劉備知遇之恩的心願，但決非不問是非的片面忠於劉備父子，其中更有興復漢室，拯救黎庶，重新統一全國的宏圖大志。正因為這樣，千百年來，諸葛亮的忠貞得到了人們普遍的肯定和崇敬。綜觀他與劉備的關係，既有「孤之有孔明，猶魚之有水也」（《三國志・蜀書・諸葛亮傳》）的史實依據，又經過羅貫中的浪漫主義改造，寄託了歷代有志者對「君臣遇合，誼兼師友」的理想關係和「帝王師」的人格定位的嚮往和追求。

4.《三國演義》的主題

《三國演義》的思想內容如此豐厚，那麼，它的主題是什麼呢？筆者認為，可以用一句話來概括——「嚮往國家統一，歌頌『忠義』英雄」❶。

就這樣，嚮往國家統一的政治理想，構成了《三國演義》的經線；歌頌「忠義」英雄的道德標準，構成了《三國演義》的緯線。二者縱橫交錯，形成《三國演義》思想內容的坐標軸。羅貫中依靠這兩大坐標軸，把歷史評價與道德評判有機地融合在一起，使作品達到了難能可貴的高度和深度。

用我們這裡提出的「嚮往統一，歌頌忠義」說來觀照全書，作者對自己筆下的各類政治集團的態度都可以得到合理的解釋，許多看似矛盾的現象也就不難理解了。

第一類集團是作者滿腔熱情加以歌頌的，劉備集團可以算是典型。這個集團一開始就提出「上報國家，下安黎庶」的口號，以匡扶漢室相標榜，在曹丕代漢以後又以繼承漢室的正統自居。他們從來沒有忘記恢復漢家的一統天下（這裡的「漢」具有雙重含義：一則指歷史上的漢朝，二則指宋元時期廣大人民心目中的漢族政權）；儘管由於歷史條件的限制，他們的目標沒能實現，但他們對益州的治理，對南方的平定，畢竟也為統一作出了貢獻。而那種對興復漢室的不屈不撓、不懈不怠的追求，不能不被具有民族思想的人民群眾以及進步作家羅貫中所追慕。另一方面，這個集團的領袖劉備的「仁」、軍師諸葛亮的「忠」、大將關羽等人的「義」，也都符合羅貫中的道德觀，深為他所崇敬。這兩方面的原因，使得羅貫中把劉備集團理想化，從而表現出尊劉的傾向。

除了劉備集團之外，孫堅、孫策父子胸懷大志，頗有蕩平天下之氣概；孫權的進取精神雖然不及乃父乃兄，但他聯劉抗曹，待機而進，治理江南，也是爭取重新統一這場角逐中的佼佼者。因此，羅貫中對孫氏父子每每加以讚許，而不是像毛宗崗在《讀三國志法》中所說的那樣，把孫氏的吳國與曹氏的魏國都列為「僭國」，同樣加以貶斥。對忠於孫氏父子的謀臣武將如周瑜、魯肅、陸遜、程普、黃蓋、太史慈、甘寧、凌統、周泰、徐盛、丁奉等人，羅貫中也都持肯定的態度；只有呂蒙、潘璋二人，因為擒殺了「義」的化身關羽，才被施以貶斥性的描寫。

第二類集團是作者不遺餘力加以鞭撻的，其中最突出的是董卓集團和袁術集團。董卓「常有不仁之心」，殺太后，鴆少帝，敗壞朝綱，殘害百姓，以至「兩朝帝主遭魔障，四海生靈盡倒懸」，造成天下大亂，實為不忠不義的元凶巨惡，羅貫中對他自然是痛加貶斥。董卓餘孽李傕、郭汜之流，也是一夥狐群狗黨，混世魔王，為天下所不容，也為羅貫中所嘲罵。袁術狂妄自大，忠義兩虧，同樣為羅貫中所不齒。

第三類集團是作者褒貶互見的。例如，劉表雖然擁有荊州九郡，本是用武之地，實力頗強，卻劃境自保，不圖進取；劉璋雖為天府益州之主，物富多士，卻闇弱無能，坐以待斃：他們都是作者嘲笑的對象。但就個人品質而言，劉表不因蔡氏之讒言而加害劉備，尚有長厚之風；劉璋在劉備兵臨城下之際，不願犧牲百姓的生命去冒險死戰，不失仁義之心，作者對此則是首肯的。至於忠於他們的文士武將，如李珪、王威、黃權、李恢、王累、秦宓等，都被羅貫中作為忠義之士而加以肯定。

比之劉表、劉璋來，羅貫中對袁紹集團的態度是更有代表性的。他肯定了袁紹在誅滅宦官、討伐董卓等鬥爭中的積極作用，但又一再譏笑他外寬內忌、賞罰不明、好謀無斷、色厲內荏，不是統一天下的雄主。在寫到袁紹吐血而死時，羅貫中引詩云：

羊質虎皮功莫説，鳳毛雞膽事難成❷。

又詩曰：

氣欲吞天志不高，有謀無斷豈英豪。

圖王霸業渾如夢，枉害傷心吐血勞！

但是，對忠於袁紹的田豐、沮授、審配等人，羅貫中不僅沒有貶斥，而且視為忠義之士，對他們的死表示了深深的惋惜。在這裡，歷史評價和道德評判都起了作用。

不過，最能體現羅貫中的創作主旨和褒貶標準的，還是他對曹操集團的態度。

眾所周知，《三國演義》具有貶曹的傾向，這是因為曹操作為奸雄的典型，「名為漢相，實為漢賊」，其所作所為每每違背「忠義」的道德觀。對此，羅貫中確實是懷有憎惡之情。但是，曹操畢竟是統一了北方，並為全國統一奠定了基礎的傑出人物，對這一巨大的歷史功績，羅貫中並沒有隨意貶低。《演義》寫曹操擒呂布、掃袁術、滅袁紹、擊烏桓、敗馬超等重大戰役，都突出了他非凡的膽略和智謀。當寫到曹操去世之時，羅貫中引用後人的四詩三文，既肯定了曹操的歷史功績，又鞭笞了他的惡德劣行。前一方面如「史官有詩曰」：

雄哉魏太祖，天下掃狼煙。

動靜皆存智，高低善用賢。
長驅百萬眾，親注十三篇。
豪傑同時起，誰人敢贈鞭？

後一方面則有「前賢」的「貶曹操詩」：

殺人虛墮淚，對客強追歡。
遇酒時時飲，兵書夜夜觀。
秉圭升玉輦，帶劍上金鑾。
歷數奸雄者，誰如曹阿瞞？

至於忠心耿耿為曹操運籌帷幄的謀士郭嘉、賈詡、程昱、劉曄等人，以及追隨他東征西討的武將張遼、徐晃、典韋、許褚等人，羅貫中不僅沒有把他們看作助紂為虐的幫凶爪牙，而且視為忠義之士、一時之傑，發自內心地予以讚美。有的人可能會感到這種現象難以理解，其實，從「嚮往統一，歌頌忠義」的觀點來看，這倒一點也不奇怪。

羅貫中不愧為傑出的現實主義作家。他既沒有把歷史道德化而抹煞某些人物的歷史功績，又沒有忘記文學藝術宣揚真善美、鞭撻假惡醜的使命，把人物一一放上道德的天平。儘管他的認識擺不脫歷史的局限，這樣的創作態度卻使他筆下的主要人物既有厚重的歷史感，又有深刻的美學意義。這一點，正是《三國演義》為後代的多種歷史演義小說難以企及的根本原因。

讓我們再看一看羅貫中對魏、蜀、吳滅亡的描寫吧！

當蜀漢後主劉禪向鄧艾投降時，《演義》寫道：「成都之人，皆以香花而迎。」這裡沒有亡國的深哀巨慟，有的卻是對統一事業的衷心擁護。

當司馬炎接受魏主曹奐禪讓時，《演義》又寫道：「此時魏亡，人民安堵，秋毫無犯。」在人民心目中，國君姓什麼是無關緊要的，國家的統一與安寧卻是至為重要的。

當吳國最後滅亡時，情景同樣是「吳人安堵」。

儘管西晉統一只是短暫的，但這種統一比起國家四分五裂的狀況來，卻是一個巨大的進步。因此羅貫中忻喜地寫道：「自此三國歸於晉帝司馬炎，為一統之基矣。」至此，無數英雄豪傑演出的一幕幕威武雄壯的活劇，終於迎來了重新統一的結局，小說的主題也得到了完美的體現。

---

❶參見拙文〈「嚮往國家統一，歌頌『忠義』英雄」——論《三國演義》的主題〉一文，原載《寧夏社會科學》一九八六年第一期；收入本人與段啓明、陳周昌合著之《中國古典小說新論集》（西南師範大學出版社一九八

七年十一月第一版）；亦收入拙著《三國演義新探》（四川人民出版社二〇〇二年五月第一版）。

❷為說明羅貫中的創作態度和褒貶傾向，本章引文，均據嘉靖元年本《三國志通俗演義》。其他各章引文，凡未特別注明者，均據毛本《三國演義》。

參

《三國演義》的人物形象

《三國演義》總共寫了一千二百多個人物，堪稱古代小說中寫人物最多的巨著。其中，形象生動、性格鮮明、為廣大讀者所熟知的人物就有幾十個，如曹魏集團的荀彧、荀攸、郭嘉、賈詡、程昱、劉曄、夏侯惇、夏侯淵、張遼、于禁、張郃、徐晃、典韋、許褚、龐德、司馬懿、司馬昭、鄧艾、鍾會，劉蜀集團的劉備、張飛、趙雲、馬超、黃忠、龐統、魏延、王平、鄧芝、姜維，孫吳集團的孫策、孫權、周瑜、魯肅、張昭、諸葛瑾、黃蓋、甘寧、呂蒙、陸遜，以及不屬於這三大集團的董卓、呂布、陳宮、袁紹、袁術、劉表、劉璋等等；而諸葛亮、曹操、關羽等形象更是文學史上公認的藝術典型。

1.

理想的典範——諸葛亮

在《三國演義》塑造的眾多人物形象中，諸葛亮無疑是塑造得最為成功，影響最為深遠的一個。可以說，他是全書的真正主角，是維繫全書的靈魂。我們簡直無法想像，如果沒有諸葛亮這個光彩照人的藝術形象，《三國演義》還有什麼看頭，還怎麼能成為世代相傳的古典文學名著！

《三國演義》中的諸葛亮，是作者耗費筆墨最多的藝術形象。從「水鏡先生」司馬徽第一次提到他的道號「伏龍」（即「臥龍」），為他的出場預作鋪墊（第三十五回），到他去世後被安葬於漢中定軍山（第一百五回），他一直處於作品情節的中心，當之無愧地成為全書的第一號主角。羅貫中滿懷摯愛之情，傾注全部心血，調動各種藝術手段，將他塑造為一個光彩照人的藝術典型。

◆智慧、忠貞的歷史原型

歷史上的諸葛亮（一八一～二三四），本來就是漢末三國時期傑出的政治家、軍事家。他生於東漢末年的亂世之中，十四歲便隨叔父諸葛玄離開家鄉琅邪陽都（今山東沂南），輾轉來到劉表控制的荊州。十七歲時，諸葛玄病卒。儘管此時諸葛亮年未弱冠，又與荊州牧劉表及其大將蔡瑁都有親戚關係❶，但他胸有大志，襟懷高邁，不願托庇於權門，於是帶著弟弟諸葛均，毅然隱居於隆中（漢代屬荊州南陽郡鄧縣，今屬湖北襄樊市），一面躬耕隴畝，一面關注天下大事，研究治國用兵之道，長達十年之久。

建安十二年（二〇七），奮鬥半生而屢遭挫折，當時依附劉表、屯兵新野、勢單力薄的劉備三顧茅廬，向年僅二十七歲的諸葛亮請教。諸葛亮提出著名的〈隆中對〉，精闢地分析了天下大勢，為劉備制定了先占荊、益二州，形成三分鼎立之勢，外結孫權，內修政治，待時機成熟，再分兵兩路北伐，攻取中原，以成霸業的戰略方針。在劉備的懇切敦促下，諸葛亮出山輔佐，從此成為劉蜀集團的棟梁，在歷史的舞台上大展宏圖，創造出非凡的業績。

建安十三年（二〇八）秋，曹操親率大軍南征，劉表病卒，次子劉琮繼位，不戰而降，劉備敗走江夏。在此危難之際，諸葛亮主動要求出使江東，說服孫權，建立起孫劉聯盟，在赤壁之戰中大敗曹軍，使劉備趁勢奪得荊州江南四郡，不久又「借」得孫權占據的南郡。此後，他又協助劉備奪取益州，順利地實現了跨有荊、益，三分天下有其一的第一步戰略目標，使劉蜀集團達到鼎盛時期。

建安二十四年（二一九）冬，關羽丟失荊州，使劉蜀集團的地盤減少了將近一半；章武二年（二二二），劉備又在夷陵之戰中遭到慘敗，次年託孤於諸葛亮，在羞憤與悔恨中病逝。在此危急存亡之秋，諸葛亮以巨大的勇氣和高超的智慧，獨力承擔起維繫蜀漢國運的歷史使命。他高瞻遠矚，勤政務實，勵精圖治，清正廉明，把蜀漢治理得井井有條；他及時恢復吳蜀聯盟，迅速擺脫兩面受敵的不利形勢，重新形成共同抗擊曹魏的有利局面；他堅持「和」、「撫」方針和「攻心為上」的原則，迅速平定南中地區，較好地處理了民族關係；他不畏艱險，屢次北伐，始終對強大的曹魏保持了進攻的態勢；他善於治軍，賞罰嚴明，重視裝備的革新和戰術的改進，創制了令人稱奇的「木牛流馬」和「八陣圖」；他忠於職守，克己奉公，真正做到了「鞠躬盡瘁，死而後已」。西晉傑出的史學家陳壽在《三國志·蜀書·諸葛亮傳》篇末高度評價道：

諸葛亮之為相國也，撫百姓，示儀軌，約官職，從權制，開誠心，布公道；盡忠益時者雖讎必賞，犯法怠慢者雖親必罰，服罪輸情者雖重必釋，遊辭巧飾者雖輕必戮；善無微而不賞，惡無纖而不貶；庶事精練，物理其本，循名責實，虛偽不齒；終於邦域之內，咸畏而愛之，刑政雖峻而無怨者，以其用心平而勸戒明也。可謂識治之良才，管、蕭之亞匹矣。

諸葛亮的崇高品格，不僅深受蜀漢民眾的尊崇，甚至還得到敵方的敬重。在他的諸多優秀品格中，最突出的有兩點：一是智慧，集中體現於〈隆中對〉；二是忠貞，集中體現於〈出師表〉。總之，他確實不愧為一代賢相，名垂千古。

◆高雅、睿智的藝術形象

諸葛亮逝世以後的一千餘年間，歷代胸懷壯志、關心國事的知識分子深情地緬懷和頌揚著他，廣大民眾一代又一代地傳頌著他的業績，各種通俗文藝也反覆渲染著他的故事。羅貫中繼承了這種尊崇諸葛亮的社會心理，在史實的基礎上，吸收了通俗文藝的有益成分，加上自己的天才創造，成功地塑造了一個高雅、睿智、充滿理想色彩和藝術魅力的諸葛亮形象，一個家喻戶曉的光輝形象。這樣的諸葛亮形象，雖以歷史人物諸葛亮為原型，但已有了很大的變異，比其歷史原型更高大，更美好，成為古代優秀知識分子的崇高典範，成為中華民族忠貞品格和無比智慧的化身，成為中外人民共同景仰的不朽形象。

為了塑造好諸葛亮藝術形象，羅貫中花費了大量筆墨，調動了各種藝術手段，主要從以下幾個方面作了努力。

1. 充分突出諸葛亮在劉蜀集團中的關鍵地位和作用

歷史上的諸葛亮，儘管一出山就與劉備「情好日密」，受到劉備的充分信任；但他在劉蜀集團中的地位卻是逐步提高的，按照通常的政治機制，這也是很自然的。他剛出山時的身分，《三國志．蜀書．諸葛亮傳》沒有記載，估計是幕賓之類。赤壁之戰以後，劉備奪得荊州江南四郡，諸葛亮始任軍師中郎將；此時關羽為襄陽太守、蕩寇將軍，早已封漢壽亭侯，張飛為宜都太守、征虜將軍，封新亭侯，諸葛亮的地位略低於關、張。建安十九年（二一四），劉備定益州，諸葛亮升任軍師將軍，署左將軍府事（掌管左將軍府事務，此時劉備的官銜是「左將軍領荊、益二州牧」），其在劉蜀集團中的地位開始超過關羽、張飛。直到劉備稱帝（二二一），諸葛亮任丞相，才正式成為蜀漢的頭號大臣。而且，在劉備稱帝之前，諸葛亮雖曾參與謀議，但大部分時間是留守後方，足食足兵，從未統管過軍事。然而，在《三國演義》中，羅貫中卻把諸葛亮寫成一人之下，萬人之上，大權在握，指揮一切的統帥，大大提高了他在劉蜀集團中的地位和作用。他出山不久，夏侯惇便率領十萬大軍殺奔新野，這是他面臨的第一場嚴峻考驗。這時——

玄德請孔明商議。孔明曰：「但恐關、張二人不肯聽吾號令。主公若欲亮行兵，乞假劍印。」玄德便以劍印付孔明。孔明遂聚集眾將聽令。……「主公自引一軍為後援。各須依計而行，勿使有失。」（第三十九回）

在這初出茅廬第一仗中，劉備一開始便將指揮權交給諸葛亮；諸葛亮胸有成竹，一一調遣眾將，甚至連劉備也要接受他的安排。火燒博望的勝利，樹立了諸葛亮的威信，也確立了他指揮一切的地位。從此以後，他在劉蜀集團的指揮權牢不可破，從未受到過質疑。每遇大事，劉備總是對他言聽計從，文武眾官也總是心悅誠服地執行他的命令。赤壁大戰期間，他出使東吳達數月之久，劉備方面積極備戰，一切準備就緒後，仍然要等待他趕回去指揮調度：

且說劉玄德在夏口專候孔明回來……須臾船到，孔明、子龍登岸，玄德大喜。問候畢，孔明曰：「且無暇告訴別事。前者所約軍馬戰船，皆已辦否？」玄德曰：「收拾久矣，只候軍師調用。」孔明便與玄德、劉琦升帳坐定……（第四十九回）

諸葛亮的命令，誰也不能違抗。就連身份特殊的關羽，由於違背軍令私放曹操，諸葛亮也要下令將他斬首；只是由於劉備出面說情，希望容許關羽將功贖罪，「孔明方才饒了。」（第五十回～五十一回）這些描寫，大大超越了歷史記載，使諸葛亮始終處於劉蜀集團的核心，地位明顯高於所有文武官員，而又使讀者覺得可信。劉備得到諸葛亮之前屢遭挫折，而得到諸葛亮輔佐之後則節節勝利，兩相對照，讀者不由得深深感到：劉蜀集團的成敗安危，不是繫於劉備，而是繫於諸葛亮。

・竭力渲染諸葛亮的智慧，特別是出神入化的軍事謀略

上面說過，歷史人物諸葛亮的突出品格之一便是智慧，但那主要是善於把握天下大勢，善於總攬全局，制定正確的戰略方針的政治智慧，〈隆中對〉就是其集中體現。

至於軍事方面，陳壽在《三國志・蜀書・諸葛亮傳》中說他「於治戎為長，奇謀為短，理民之幹，優於將略」，「應變將略，非其所長」。意思是說諸葛亮善於管理軍隊，治軍嚴整，但在運用奇謀妙計上卻有所不足；他治理百姓的才幹，優於當統帥的謀略；隨機應變的本領，不是他所擅長的。有人認為陳壽貶低了諸葛亮；但事實是，歷史上的諸葛亮確實並不擅長出奇制勝。然而，在《三國演義》裡，羅貫中不僅充分表現了諸葛亮的政治智慧，而且通過大量的虛構情節，著力突出諸葛亮的神機妙算，把他塑造為用兵如神的謀略大師，成為中華民族無比智慧的化身。

在《演義》裡，諸葛亮出山後取得的第一個勝利——火燒博望，便具有很大的虛構成分。歷史上，劉備曾與曹操大將夏侯惇、于禁等相拒於博望，「久之，先主設伏兵，一旦自燒屯偽遁，惇等追之，為伏兵所破。」（《三國志・蜀書・先主傳》）那是在三顧茅廬之前，自然與諸葛亮無關。羅貫中來了個移花接木，將此事安排在諸葛亮出山之後，使他成為克敵制勝的英明指揮者。作品先寫曹軍的氣勢洶洶，寫十萬曹軍與劉備數千人馬的懸殊對比，釀造出泰山壓頂的緊張氣氛；然後寫諸葛亮調兵遣將，關羽、張飛對他的計謀都心存懷疑，「眾將皆未知孔明韜略，今雖聽令，卻都疑惑不定。」「玄德亦疑惑不定。」結果，戰鬥的進程完全按照諸葛亮的預計發展，劉備軍大獲全勝，關羽、張飛這兩個心高氣傲的大將心服口服，稱讚道：「孔明真英傑也！」（第三十九回）於是，諸葛亮料事如神的軍師形象初步得到了表現。

隨後的火燒新野，純屬虛構的情節。在這次戰鬥中，諸葛亮水火並用，層層設伏，讓曹仁、曹洪率領的十萬大軍先遭火燒，再被水淹，損失慘重（第四十回）。從此，諸葛亮的無窮妙計，不僅贏得了整個劉蜀集團的高度信任，而且使曹軍十分害怕，動不動就懷疑：「又中孔明之計也！」

在決定劉蜀集團命運和三分鼎立局面的赤壁大戰中，諸葛亮的神機妙算更是大放光彩。本來，在歷史上的赤壁大戰中，最主要的英雄應該是周瑜；諸葛亮除了出使江東，智激孫權聯劉抗曹之外，究竟還有哪些作為，史書上並無明確的記載。然而，在羅貫中的筆下，諸葛亮卻成了決定戰爭勝負的最關鍵的人物。儘管他在吳軍中身居客位，但是，他卻是「赤壁大戰」這一情節單元的真正主角。孫劉聯盟的建立，由他一手促成；孫權抗曹的決心，由他使之堅定；周瑜導演的「群英會」、「蔣幹盜書」，黃蓋的苦肉計、詐降計，被他一眼看穿；戰役的關鍵決策——火攻計，由他與周瑜共同商定；而實行火攻的決定性條件——東風，又由他巧妙「借」來。可以說，孫劉聯盟在奪取勝利的道路上每前進一步，都離不開他的智慧；如果沒有他，周瑜要想打敗曹操幾乎是不可能的。在孫劉聯盟與曹軍之間的矛盾和孫劉聯盟內部矛盾的漩渦裡，在與周瑜、曹操這兩個傑出人物的鬥智中，他的遠見卓識、雅量高致和神機妙算，一次又一次地迸發出耀眼的火花。周瑜對他又敬又嫉，多次企圖除掉他，他都一一從容化解，安如泰山，既使周瑜無可奈何，又維護了孫劉聯盟，保障了戰役的勝利。鬥智的結果告訴人們：曹操之智不及周瑜，周瑜之智又不及諸葛亮，因此，諸葛亮才是大智大勇的頭號英雄。

在「三氣周瑜」、「劉備奪取漢中之戰」、「七擒孟獲」、「六出祁山」等情節單元裡，羅貫中也安排了許多虛構的情節，從多種角度入手，把諸葛亮的智慧謀略表現得精妙絕倫。在與對手的政治鬥爭中，他總是善於把握全局，隨機應變，因勢利導，牢牢掌握制勝的主動權。在軍事較量中，他總是知己知彼，重視掌握情報，善於調動對方，善於打心理戰，善於「用奇」，或伏擊，或偷渡，或偽裝，或奔襲，虛虛實實，千變萬化，一次又一次地贏得勝利。《孫子兵法》說：「善出奇者，無窮如天地，不竭如江河。」（〈兵勢篇〉）「兵無常勢，水無常形，能因敵變化而取勝者，謂之神。」（〈虛實篇〉）諸葛亮精通這些軍事原則，真是用兵如神。

為了突出諸葛亮的謀略，作品常常運用對比、襯托等藝術手法。心高氣傲的周瑜多次感歎：「孔明神機妙算，吾不如也！」直到臨終，他還發出「既生瑜，何生亮」的悲歎，強烈地表達了他力圖壓倒諸葛亮卻又無可奈何的心情。善於用兵的曹操與諸葛亮交戰時老是疑神見鬼，一敗再敗。老謀深算的司馬懿更是多次承認：「吾不如孔明也！」甚至在諸葛亮死後，蜀軍撤退，司馬懿率兵追趕，還被諸葛亮的遺像嚇得狼狽而逃，落了個「死諸葛能走生仲達」的話柄。通過這些第一流人才與諸葛亮的對比，諸葛亮那「無窮如天地」的謀略被表現到了極致。

．多方刻畫諸葛亮的忠貞品格

在諸葛亮人生的後半段，即從「白帝託孤」到「秋風五丈原」（二二三～二三四），這一方面日益得到強化。在這十二年裡，諸葛亮獨力支撐蜀漢政局，日理萬機，盡心竭力，為實現興復漢室的目標而不懈奮鬥。平定南方之後，他親率大軍北伐，臨行呈上著名的〈出師表〉，對後主諄諄告誡，並慨然表示：

先帝知臣謹慎，故臨崩寄臣以大事也。受命以來，夙夜憂慮，恐託付不效，以傷先帝之明；故五月渡瀘，深入不毛。今南方已定，甲兵已足，當獎帥三軍，北定中原，庶竭駑鈍，攘除奸凶，興復漢室，還於舊都：此臣所以報先帝而忠陛下之職分也。（第九十一回）

在「六出祁山」的漫長征途上，諸葛亮取得了一個又一個勝利，也遭受過意外的失敗。首次北伐，雖曾勢如破竹，連奪三郡，但因馬謖自作主張，丟失街亭，蜀軍不得不迅速撤退，取得的成果毀於一旦。事後，諸葛亮不僅堅持原則，揮淚斬馬謖；而且勇於承擔責任，上表自貶三等；並誠懇叮囑部下：「自今以後，諸人有遠慮于國者，但勤攻吾之闕，責吾之短，則事可定，賊可滅，功可翹足而待矣。」（第九十六回）

在外有強敵，內有庸主的艱難形勢下，他以極大的智慧和毅力，作出了非凡的業績。直到最後一次北伐，他因積勞成疾，吐血不止，自知生命垂危，首先想到的仍然是蜀軍的安危和蜀漢的存亡，仔細安排退軍部署，推薦自己的接班人，卻很少想到自己的妻兒老小。作者以蘸滿感情的筆觸，傳神盡意的描繪，極其鮮明地表現了諸葛亮忠心耿耿、克己奉公的高尚品格和鞠躬盡瘁、死而後已的奮鬥精神。

在寫到諸葛亮溘然長逝後，作品插敘了被諸葛亮廢黜的廖立、李嚴得知噩耗後的悲痛情景，以襯托諸葛亮立身之嚴謹、處事之公正、感召力之強烈。不僅如此，作者還極力渲染了此時的悲涼氣氛：「是夜，天愁地慘，月色無光，孔明奄然歸天。」（第一百四回）真是字字帶血，聲聲含淚，悼惜之情，溢於言表。

作品對諸葛亮形象的塑造，充滿了浪漫主義色彩，具有強大的藝術魅力。不過，也有少數地方描寫不當，對諸葛亮的謀略誇張過甚，表現出神化傾向，可算白璧微瑕。但從總體上來看，諸葛亮形象仍然是最受人們喜愛的不朽藝術典型，永遠啓示和激勵著後人。

❶諸葛亮的大姊嫁給劉表的得力謀士蒯良、蒯越家族的蒯祺。諸葛亮的岳母蔡氏，是劉表後妻蔡夫人的姊姊，蔡瑁則是她們的弟弟。因此，劉表是諸葛亮的姨父，蔡瑁是諸葛亮的舅父。

2.「奸雄」的典型——曹操

《三國演義》中的曹操形象，是全書人物中性格最豐富、最複雜的一個人物，也是一個塑造得極為成功的藝術典型。

◆全才式的傑出人物

歷史上的曹操（一五五～二二〇），是東漢末期傑出的政治家、軍事家、文學家。他出身豪門，其父曹嵩官至太尉；年輕時便機警而有權術，被當時名氣很大的人物評論家許劭評為「治世之能臣，亂世之奸雄」。

在鎮壓黃巾軍中，他初露頭角，歷任騎都尉、濟南相、典軍校尉；在天下大亂時，他更是大顯身手，由東郡太守升格為兗州牧，成為占據一州的諸侯（東漢全國共十三州）。

建安元年（一九六），他接受荀彧建議，迎漢獻帝至許都，從此挾天子以令諸侯，在政治上占據主動，先後翦滅呂布、袁術、袁紹等割據勢力，逐步統一了北方。

建安十三年（二〇八）秋，他率軍南下，不戰而得荊州；但在赤壁之戰中被孫權、劉備聯軍打敗，統一全國的計畫受阻。此後，他一面發展生產，恢復經濟，一面強化對朝政的控制，為其子曹丕代漢奠定了基礎。

他精通兵法，是漢末最富謀略的軍事統帥。他又是卓有成就的詩人，其詩氣勢沉雄，慷慨悲壯。在當時的政治舞台上，像他那樣的全才式的傑出人物，真是罕有其匹。對於漢末形勢的發展和三國鼎立的形成，他起了很大的作用。

然而，作為封建統治階級的代表人物，曹操又是一個極端自私、殘忍狡詐、反覆無常的角色，性格十分複雜。他既是雄才大略，志在統一的英雄，又是殘酷鎮壓農民起義的凶手；既是恢復和發展社會生產的功臣，又是視民眾如草芥，「所過多所殘破」的罪人；既是知人善任，「不念舊惡」的創業之主，又是奸詐忌刻，隨意摧殘人才的不義之徒。可以說，他是集功罪於一身，也集善惡於一身。對於這樣一個聲名顯赫的人物，人們應當肯定其歷史功績，也有權批判其惡德劣行。

◆血肉豐滿的藝術典型

從曹操逝世到羅貫中寫作《三國演義》的一千餘年間，歷代統治者和文人史家對曹操是有褒有貶。

西晉著名史學家陳壽在《三國志・魏書・武帝紀》中評曰：「漢末，天下大亂，雄豪並起，而袁紹虎視四州，強盛莫敵。太祖運籌演謀，鞭撻宇內，攬申、商之法術，該韓、白之奇策，官方授材，各因其器，矯情任算，不念舊惡，終能總禦皇機，克成洪業者，惟其明略最優也。抑可謂非常之人，超世之傑矣。」這是褒。

與陳壽同時的著名文學家陸機在〈辨亡論〉中則曰：「曹氏雖功濟諸華，虐亦深矣，其民怨矣。」這是褒中有貶。

唐代著名史學家劉知幾在《史通・探賾篇》裡卻痛罵曹操：「賊殺母后，幽迫主上，罪百田常，禍千王莽。」這自然是貶。

而在通俗文藝中，至少從北宋起就已形成「尊劉貶曹」的思想傾向。

羅貫中順應廣大民眾的心理，繼承了這種基本傾向；同時又超越以往的通俗文藝，尊重歷史，博采史料，以許劭的評價為基調，塑造了一個高度個性化的、有血有肉的「奸雄」曹操。這裡所說的「奸雄」，是指曹操既是遠見卓識、才智過人、具有強烈功業心的英雄，又具有極端自私、奸詐殘忍的性格特徵。

羅貫中以大開大闔的筆觸，藝術化地展現了曹操在漢末群雄中脫穎而出，逐步戰勝眾多對手的豪邁歷程，又不時地揭露曹操奸詐的作風、殘忍的性格和惡劣的情慾。而在曹操與劉備、諸葛亮的對比中，則更多地鞭笞和嘲笑其惡德劣行。這樣的曹操形象，以歷史真實為基礎，達到了高度的藝術真實。毛宗崗父子修訂《三國演義》時，批判曹操的色彩有所增強，但並未改變曹操形象的基本面貌，仍是一個真實可信的藝術典型。

在小說中，曹操第一次出場，就寫得有聲有色：

> 見一彪人馬，盡行打紅旗，當頭來到，截住去路。為首閃出一個好英雄：身長七尺，細眼長髯；膽量過人，機謀出眾，笑齊桓、晉文無匡扶之才，論趙高、王莽少縱橫之策；用兵彷彿孫、吳，胸內熟諳韜略。（嘉靖元年本《三國志通俗演義》第二回。毛本第一回作：「忽見一彪軍馬，盡打紅旗，當頭來到，截住去路。為首閃出一將：身長七尺，細眼長髯。」以下引文，凡未注明版本者，均引自毛本，以方便讀者。）

當何進為了誅滅宦官，欲召各地軍馬進京時，曹操勸道：「若欲治罪，當除元惡，但付一獄吏足矣，何必紛紛召外兵乎？欲盡誅之，事必宣露。吾料其必敗也。」十常侍假傳旨意宣何進入宮，何進欲行，曹操卻提出：「先召十常侍出，然後可入。」何進不聽，終於死於非命（第三回）。在這場鬥爭中，曹操的遠見、謀略、膽識，不僅是昏庸無能的何進無法想像的，也是積極為何進出謀劃策的袁紹明顯不及的。

在除滅董卓之亂的鬥爭中，曹操的性格第一次得到了全面的展現。當董卓擅行廢立，殘殺大臣，甚至悍然害死何太后和漢少帝，隨意屠戮百姓時，眾大臣懾於其淫威，惶恐無計，只能悄悄聚在一起掩面而哭；曹操卻與眾不同，反而「撫掌大笑」——

> 操曰：「吾非笑別事，笑眾位無一計殺董卓耳。操雖不才，願即斷董卓頭，懸之都門，以謝天下。」（第四回）

這氣魄，這膽略，眾大臣只能自愧不如。接著，曹操向王允借了七寶刀，欲去刺殺董卓。本來，要殺董卓，一般刀劍即可，曹操卻偏要借寶刀，說明他早已為行刺不成準備了退路，其心思之細密，又非常人可及。當機會來到，他拔出寶刀就要下手時，不料董卓看見拔刀動作，回身而問，呂布又已回到閣外，在這千鈞一髮之際，曹操立即跪下，獻上寶刀，把事情輕輕遮掩過去。隨即又以試馬為名，逃出洛陽，其隨機應變的本領，確實令人驚歎。路經中牟時，他被守關軍士捉住，與縣令陳宮有這樣一番對話：

縣令……問曰：「我聞相國待汝不薄，何故自取其禍？」操曰：「『燕雀安知鴻鵠志哉！』汝既拿住我，便當解去請賞，何必多問！」縣令屏退左右，謂操曰：「汝休小覷我。我非俗吏，奈未遇其主耳。」操曰：「吾祖宗世食漢祿，若不思報國，與禽獸何異？吾屈身事卓者，欲乘間圖之，為國除害耳。今事不成，乃天意也！」縣令曰：「孟德此行，將欲何往？」操曰：「吾將歸鄉里，發矯詔，召天下諸侯興兵共誅董卓：吾之願也。」縣令聞言，乃親釋其縛，扶之上坐，再拜曰：「公真天下忠義之士也！」（第四回）

曹操這一番慷慨激昂的表白，確有幾分英雄氣概，因而深深感動了陳宮，使之毅然放棄邀功請賞的機會，隨曹操逃走。

但在故人呂伯奢那裡，曹操由於疑心病太重而殺死呂伯奢全家，並進而殺死出外為他打酒的呂伯奢本人；陳宮指責他「知而故殺，大不義也」，他竟恬不知恥地宣稱：「寧教我負天下人，休教天下人負我。」（第四回）

到了陳留，他發出矯詔，號召各地諸侯共討董卓。當董卓部下猛將華雄擊敗孫堅，並連斬聯軍幾員大將，眾諸侯「皆失色」時，關羽自告奮勇願斬華雄，袁紹、袁術都以位取人，瞧不起關羽，曹操卻積極支持關羽出戰。關羽一舉斬了華雄，袁術仍欲以勢壓人，曹操卻說：「得功者賞，何計貴賤乎？」並且「暗使人賫牛酒撫慰（劉、關、張）三人。」（第五回）兩相對照，曹操的慧眼識人可謂鶴立雞群。

董卓火燒洛陽，西遷長安，眾諸侯按兵不動，惟獨曹操率兵奮勇追趕，雖然遭到埋伏，險些喪命，卻雖敗猶榮。回到大寨，他義正辭嚴地斥責眾諸侯「遲疑不進，大失天下之望。」隨後便憤然離去，另作打算（第六回）。

這一連串情節，大起大落，一波三折，表現了曹操性格的各個側面。

其中，表現曹操英雄氣概的「借刀刺董卓」、「矯詔號召諸侯」，表現曹操愛才惜才的「溫酒斬華雄」，均屬虛構（歷史上並無曹操行刺董卓之事；曹操雖參與討伐董卓，但並未矯詔號召諸侯，倒是東郡太守橋瑁「詐作京師三公移書與州郡，陳（董）卓罪惡……企望義兵，解國患難」；斬華雄者乃孫堅，而非關羽）；而表現曹操極端利己主義嘴臉的「殺呂伯奢全家」，則是根據《三國志・魏書・武帝紀》裴注引的幾條史料寫成。由此可見，羅貫中在曹操形象的塑造上基本上做到了歷史真實與藝術真實的統一，並未故意「醜化」和「歪曲」其形象。

◆雄才大略的英雄風采

曹操的英雄風采，集中而突出地表現在「官渡之戰」中。在這一情節單元裡，他深謀遠慮，指揮若定，充分顯示了他的雄才大略，不愧為傑出的政治家、軍事家。

首先，在這場力量懸殊的決戰中，他堅韌頑強，始終保持著必勝的信心。兩軍初次交鋒，曹軍大敗，他毫不介意；相持數月，糧草不繼，他咬緊牙關堅持。當勝負之勢未明之時，他的心裡不可能沒有緊張、憂慮，但他卻一直不露聲色，反而時時「大喜」，「歡笑」。聯想到他在濮陽遭到火燒險些被俘（第十二回），在宛城遭到襲擊幾乎喪命（第十六回）時，那種敗而不餒、殆而復振的氣概，人們不能不驚異他罕見的頑強。這不服輸、不喪氣、不死不休的頑強精神，乃是他在眾多軍閥中脫穎而出，翦滅一個又一個對手的重要原因。

其次，在瞬息萬變的戰場上，他善於抓住時機，巧於用奇，敢於冒險，表現出過人的膽略。當獲得袁軍運糧的情報時，他立即命徐晃、史渙前去襲擊，使袁軍幾千輛糧車化為灰燼。夜襲烏巢，他親率五千精兵前往；袁軍眭元進、趙睿所部從背後殺來，部下要求分兵拒之，他卻大喝道：「諸將只顧奮力向前，待賊至背後，方可回戰！」這奮不顧身的雄姿大大振奮了士氣，片刻之間，既焚毀了袁軍糧屯，又擊滅了眭元進、趙睿，使奇襲獲得完全成功。曹操的機警敏悟和不怕風險，使他常常能爭取主動，戰勝敵方。

其三，儘管他本人精通韜略，多謀善斷，卻能重視發揮謀士的作用，博採眾長，為我所用。對付袁軍的樓櫓和「掘子軍」，用的是劉曄之計；向袁軍發動總攻，用的是荀攸調動敵方，乘勢猛攻之計；倉亭再戰，用的是程昱「置之死地而後生」和「十面埋伏」之計……這樣擇善而從，使他在險象環生的情勢中每每應付裕如。對此，包括袁紹在內的絕大多數對手只好自歎不及。

其四，他心胸豁達，善於接納人才，撫綏部眾。當許攸背袁來投時，剛剛解衣歇息的他「不及穿履，跣足出迎」，「先拜于地」，欣喜之情，溢於言表；許攸建議奇襲烏巢，他欣然採納。當張郃、高覽來降時，夏侯惇擔心靠不住，他卻表示：「吾以恩遇之，雖有異心，亦可變矣。」坦然接受。這種廣攬英傑的氣度，對瓦解敵軍起到了重要作用。更為難得的是，大敗袁軍之後，在繳獲的圖書中發現書信一束，「皆許都及軍中諸人與（袁）紹暗通之書」。有人主張：「可逐一點對姓名，收而殺之。」曹操卻說：「當紹之強，孤亦不能自保，況他人乎？」於是「命盡焚之，更不再問。」如此處理，是很需要一點容人之量的。這就大大安定了人心，感動了那些一度動搖的部屬，鞏固了自己的陣營。

這幾個方面的長處，使曹操理所當然地成為官渡之戰的勝利者。

羅貫中以鮮明的色調突出了曹操的這些優點，表現了一個傑出藝術家對歷史的尊重，對人物性格豐富性的追求。

◆奸邪詐偽陰險凶殘的性格側面

當然，羅貫中也不斷揭露著曹操醜惡的一面。為報父仇而攻打徐州，竟下令「但得城池，將城中百姓，盡行屠戮」（第十回）；接受張繡投降後，得意忘形，居然霸占了張繡的嬸娘鄒氏（第十六回）；對於忠於漢室，反對自己的大臣，毫不留情地揮起屠刀，殺了一批又一批，包括懷孕已經五個月的董貴妃和伏皇后全家（第二十四回、六十六回、六十九回）；甚至輔佐他最得力的首席謀士荀彧，僅僅因為不贊成他封魏公，便被逼服毒而亡（第六十一回）；至於「借頭欺眾」、「夢中殺人」等陰謀詭計，更是花樣百出，令人怵目驚心……毛宗崗稱他為「奸絕」，實在並不過分。這種種殘忍狡詐的行為，怎能不使人反感和憎惡？

當代一些人總喜歡以機械的「功過折算法」，替曹操評功擺好，說他「功大於過」，似乎因此就不能批判曹操。我在上文已經充分肯定，歷史人物曹操確實功業顯赫；然而，其醜惡的一面也不容諱飾。因此，我的態度很鮮明：「人們應當肯定其歷史功績，也有權批判其惡德劣行。」一位學者說得好：「要使普通人民永遠記住曹操的那一些有益於歷史發展的時間短暫的政治經濟措施，而又必須抹掉他在兼併群雄的戰爭中所遺留下來的『殘戮』、『屠城』的血跡，是不可能的。因此，即使人民和《三國演義》的作者，完全選擇了曹操的『奸邪詐偽陰險凶殘』的性格側面，也絕不違反歷史真實。」

一些人對曹操不僅不反感，而且表示喜歡，稱道其「坦率」。誠然，曹操有他坦率的一面，如公開宣稱：「設使國家無有孤，不知當幾人稱帝，幾人稱王。」確是事實。然而，曹操不坦率不老實、忌才害賢的一面更是事實。魯迅先生在其名篇〈魏晉風度及文章與藥及酒之關係〉中曾經寫道：「曹操是一個很有本事的人，至少是一個英雄」。但後面又說：「倘若曹操在世，我們可以問他，當初求才時就說不忠不孝也不要緊，為何又以不孝之名殺人呢？然而事實上縱使曹操再生，也沒人敢問他，我們倘若去問他，恐怕他把我們也殺了！」是的，曹操就是這樣的典型：機智與奸詐雜糅，豪爽與殘忍並存；時而厚遇英雄，時而摧殘人才；殺人時心如鐵石，殺人後又常常擠出幾滴眼淚以示懊悔……火燒赤壁前夕他橫槊賦詩，揚州刺史劉馥僅僅說了一句他認為是「敗興」的話，便被他一槊刺死，全不顧劉馥乃是方面大員，功績顯著（第四十八回）；為封魏公而逼死荀彧，竟將其多年主持日常政務、盡心輔佐的赫赫功勳一筆勾銷（第六十一回）；以惑亂軍心的罪名殺死楊修，也忘了其忠心追隨之力（第七十二回）……殺了劉馥，他「懊恨不已」，下令「以三公厚禮葬之」；逼死荀彧，他又是「甚懊悔，命厚葬之」；殺了楊修，他又「將修屍收回厚葬」……昨天蠻橫無理地殺人，今天又假惺惺地予以厚葬，這種翻手為雲、覆手為雨的手段，充分表現了曹操驚人的權術：做了虧心事卻從不認錯，企圖以「厚葬」來抹掉自己手上的血跡，在自欺欺人中求得心靈的平靜。請問，這能算「坦率」嗎？今人與曹操相距將近一千八百年，不會有無辜被殺的威脅和含冤莫白的痛苦，可以輕飄飄地說幾句不關痛癢的話。但設身處地想一想：有誰願意被曹操冤枉殺害，再得一副好棺材？有誰願意選擇他作頂頭上司，或者與他毫無顧忌地交朋友？

總之，《三國演義》中的曹操形象，不僅是歷史人物曹操基本特徵的藝術演繹，而且集中涵蓋了千百個封建統治者的複雜品性，因而具有更高層次、更大範圍的歷史真實性。在中國文學史上，很難找到像曹操這樣集真偽、善惡、美醜為一體的封建政治家形象，這樣的「圓的人物」。他完全可以列入世界名著之林的不朽藝術典型的行列之中，具有永恆的美學價值和文化意義。

3. 民族文化孕育的忠義英雄——關羽

《三國演義》中的關羽，與諸葛亮、曹操一起，被清初小說評點家毛宗崗並稱為「三奇」、「三絕」：諸葛亮「是古今來賢相中第一奇人」，堪稱「智絕」；曹操「是古今來奸雄中第一奇人」，堪稱「奸絕」；而關羽則「是古今來名將中第一奇人」，堪稱「義絕」❶。

我曾經指出：「歷史上的關羽，號稱『萬人敵』，確是一員虎將、勇將或名將；然而，他還算不上軍事家。就歷史功績、歷史地位而言，歷代超過他的名將比比皆是，如唐代平定『安史之亂』的主要統帥郭子儀，功勞就比他大得多。但是，在後人的心目中，關羽的地位卻凌駕於所有武將之上，在清代還高於諸葛亮，甚至高於『萬世師表』孔子。」❷對此，通俗文藝的美化與渲染起了很大作用。其中，《三國演義》對關羽形象的成功塑造是一個關鍵的因素。

◆歷史上的關羽

歷史上的關羽（?～二一九），本是劉蜀集團的頭號大將。關於他的出身，史無明文，《三國志・蜀書・關羽傳》並無一字言及其家世，開篇便說他「亡命奔涿郡」，想來應該是出身於下層。

漢靈帝光和七年（一八四）二月，黃巾起義爆發。他和張飛跟從劉備起兵，參與鎮壓。此後，他一直忠於劉備，不避艱險，深受劉備倚重。

獻帝初平二年（一九一），劉備任平原相（相當於太守），即以關羽和張飛為別部司馬。

建安三年（一九八），曹操擒殺呂布，劉備隨之還許都，曹操表其為左將軍，表關羽、張飛為中郎將。次年（一九九），劉備借率兵截擊袁術之機，重據徐州，命關羽守州治下邳（今江蘇邳州），行太守事（代理太守），自己則駐守小沛（今江蘇沛縣）。此時，關羽在劉備集團的地位已經無人可比。

建安五年（二〇〇）正月，曹操親征徐州。劉備大敗，投奔袁紹；關羽被擒，曹操拜其為偏將軍，不久又封為漢壽亭侯，禮遇甚厚。僅僅三個月後，關羽便毅然回到劉備身邊。

建安十三年（二〇八），孫權、劉備聯合抗曹，當時劉備的主要軍力有兩部分：一是「關羽水軍精甲萬人」，二是劉琦率領的江夏軍萬人❸，由此又可見關羽地位之重要。

赤壁大戰後，劉備奪取荊州江南四郡——武陵、長沙、零陵、桂陽，以關羽為襄陽太守、蕩寇將軍，駐江北，試圖向北拓展。

劉備、諸葛亮先後入蜀後，關羽鎮守荊州，獨當一面。

建安二十四年（二一九）七月，劉備自稱漢中王，拜關羽為前將軍，假節鉞。他隨即率兵北上，攻曹操大將曹仁於樊城，消滅于禁所領七軍，擒斬勇將龐德。一時「威震華夏」，以致曹操「議徙許都以避其銳」。但因後防空虛，被孫權襲奪荊州，很快就敗走麥城，同年十二月被擒身亡。

◆關羽的性格特點

作為一員虎將，關羽在漢末三國時期就已聲名顯赫。其特點主要有三：

其一，勇猛善戰，武藝高強。在官渡之戰初期的白馬之戰中，他曾於萬軍之中一舉斬了袁紹大將顏良，「（袁）紹諸將莫能當者」。這雷震霆擊般的壯舉，使他從此被譽為「熊虎之將」，與張飛皆有「萬人敵」之稱。

其二，性格「剛而自矜」——剛強而驕矜（自高自大）。剛強固然是優點，但也須看場合和對象，不能時時處處一味剛強，否則便有可能誤事；驕矜則是一大缺點，對於獨當一面的統帥或政治集團的領袖，甚至是致命的弱點。關羽的驕矜，對己對友都表現突出。

對同僚，他以「老大」自居，時有盛氣凌人之態。劉備平定益州時，勇將馬超來歸，「羽書與諸葛亮，問超人才可誰比類。亮知羽護前，乃答之曰：『孟起兼資文武，雄烈過人，一世之傑，黥、彭之徒，當與益德（按：張飛字益德）並驅爭先，猶未及髯之絕倫逸群也。』羽美鬚髯，故亮謂之髯。羽省書大悅，以示賓客。」

對部將，他不善含容撫綏，稍不如意便加訓斥。「南郡太守麋芳在江陵，將軍士仁屯公安，素皆嫌羽輕己。自羽之出軍，芳、仁供給軍資，不悉相救。羽言『還當治之』，芳、仁咸懷懼不安。」

對盟友，他缺乏應有的尊重，動輒惡語相加。「（孫）權遣使為子索羽女，羽罵辱其使，不許婚，權大怒。」[4]

孫權後來乘關羽北伐襄陽、樊城之機襲取荊州，根本原因是為了實現其全據長江，然後建號帝王以圖天下的戰略目標，對劉備集團而言，固屬背信棄義之舉；但關羽不善與盟友相處，也在一定程度上為其背盟提供了口實。而鎮守江陵、公安的麋芳、士仁如果不是因為「懷懼不安」而投降，呂蒙未必能輕易得手，至少他們可以堅守到關羽回援，如此則荊州未必失守。所以，關羽驕矜的代價是極其慘重的。

其三，義氣深重，被譽為「天下義士」。「義」的基本含義是正義和合理的言行。關羽之「義」，主要表現有三：

1.**忠義彪炳**。在長達三十五年的歲月裡，關羽始終忠於劉蜀集團，堅決維護其利益。建安五年（二〇〇）初，他被曹操所俘，極受優禮。此時曹操身為當朝執政大臣（以司空行車騎將軍，建安十三年始任丞相），關羽如果就此歸順，一般人是不會指責的（前有張遼，後有張郃，均係戰敗而降，成為曹操手下大將）；但他卻不願背棄劉備，一旦得知其下落，便毅然放棄榮華富貴，回歸劉備。這種忠於共同理想的耿耿丹心，深受時人和後人的敬重。

2.**信義素著**。在他歸劉之前，曹操命張遼探其口氣，「羽歎曰：『吾極知曹公待我厚，然吾受劉將軍厚恩，誓以共死，不可背之。吾終不留，吾要當立效以報曹公乃去。』及羽殺顏良，曹公知其必去，重加賞賜。羽盡封其所賜，拜書告辭，而奔先主於袁軍。」知恩圖報，信守諾言，明言相告，來去分明，如此坦蕩胸襟，絕非常人可及。

3.**節義凜然**。由於樊城未能及時拿下，曹操又遣大將徐晃率軍救援，致使進攻受阻，孫權則乘虛襲奪荊州，關羽腹背受敵，北伐失敗，退守麥城。這時，他仍企圖奪回荊州；可惜勢單力薄，收復無望，竟在突圍時被擒，不屈而死。一代名將，終於為劉蜀集團獻出了生命。

◆個性鮮明的悲劇英雄

在《三國演義》中，羅貫中對關羽的崇敬之情僅次於諸葛亮，書中敍事，對關羽一般都不直呼其名，而是稱其字「雲長」，或者尊稱「關公」、「關某」，顯得十分特殊。羅貫中在史實的基礎上，吸收通俗文藝的養料，並充分施展自己的藝術才華，把關羽塑造為「忠義」的化身，一個個性鮮明、血肉豐滿的悲劇英雄。為此，作品主要在以下三個方面作了非常成功的努力。

一、竭力誇張關羽的赫赫戰功，渲染其英雄氣概。

歷史上的關羽，雖然武藝高強，但其戰功不過是〈關羽傳〉記載的斬顏良、圍曹仁、敗于禁、誅龐德幾件。而在《三國演義》裡，羅貫中卻通過一系列虛構性情節，大大誇張了關羽的戰功，以突出其蓋世英雄的形象。

關羽第一次嶄露頭角，是「溫酒斬華雄」，便是一個典型的「張冠李戴」情節。歷史上斬華雄的，乃是孫堅。《三國志・吳書・孫破虜傳》寫得明明白白：「（孫）堅復相收兵，合戰于陽人，大破（董）卓軍，梟其都督華雄等。」羅貫中對史實作了較大改造，寫諸侯聯軍討伐董卓時，董卓部下勇將華雄扼守汜水關，先是斬了鮑信之弟鮑忠，繼而打敗聯軍先鋒孫堅，接著又氣勢洶洶地到聯軍寨前挑戰，連斬袁術部將俞涉和韓馥部將潘鳳；在眾諸侯大驚失色之際，身為小小馬弓手的關羽挺身而出，奮勇請戰，片刻之間便斬了華雄，當他提著華雄之頭回到中軍帳時，曹操為他斟的一杯酒尚有餘溫（第五回）。羅貫中巧妙運用側面描寫，層層烘托，虛實結合，把關羽的高度自信和高強武藝表現得十分傳神。

呂布被殺以後，關羽更是成了天下無敵的英雄。在白馬之戰中，袁紹大將顏良連斬曹操部將宋憲、魏續；勇將徐晃出戰，鬥了二十合也敗歸本陣。就在「諸將栗然」，曹操也「心中憂悶」之時——

關公起身曰：「某雖不才，願去萬軍中取其首級，來獻丞相。」張遼曰：「軍中無戲言，雲長不可忽也。」關公奮然上馬，倒提青龍刀，跑下山來，鳳目圓睜，蠶眉倒豎，直衝彼陣。河北軍如波開浪裂，關公徑奔顏良。顏良正在麾蓋下，見關公衝來，方欲問時，關公赤兔馬快，早已跑到面前。顏良措手不及，被雲長手起一刀，斬于馬下；忽地下馬，割了顏良首級，拴于馬項之下，飛身上馬，提刀出陣，如入無人之境。河北兵將大驚，不戰自亂。（第二十五回）

作品在層層鋪墊之後，以緊湊的語言，將關羽斬顏良寫得極為輕快灑脫，有力地表現了他的萬夫不擋之勇。接著，為了與「斬顏良」配套，作品再次使用「移花接木」的手法，將原本與關羽無關的「誅文醜」之功加在他的頭上：

張遼、徐晃飛馬齊出，大叫：「文醜休走！」文醜回頭見二將趕上，遂按住鐵槍，拈弓搭箭，正射張遼。徐晃大叫：「賊將休放箭！」張遼低頭急躲，一箭射中頭盔，將簪纓射去。遼奮力再趕，坐下戰馬，又被文醜一箭射中面頰。那馬跪倒前蹄，張遼落地。文醜回馬復來，徐晃急輪大斧，截住廝殺。只見文醜後面軍馬齊到，晃料敵不過，撥馬而回。文醜沿河趕來。忽見十餘騎馬，旗號翩翻，一將當頭，提刀飛馬而來，乃關雲長也，大喝：「賊將休走！」與文醜交馬。戰不三合，文醜心怯，撥馬繞河而走。關公馬快，趕上文醜，腦後一刀，將文醜斬下馬來。（第二十六回）

張遼、徐晃雙戰文醜，未能取勝，而關羽不到三合便將其斬了，對比之下，關羽的神勇愈加突出。此後的「過五關斬六將」、「斬蔡陽」、「水淹七軍」等情節，也都不同程度地帶有虛構成分，甚至全屬虛構。這一連串戰功，把關羽的勇猛無敵和英雄氣概表現得極其充分。

關羽的英雄氣概，是他精神世界的自然流露，不僅表現在矢石交飛的戰場上，而且表現在其他各種場合，「單刀赴會」和「刮骨療毒」便是兩個具有典型意義的情節。

歷史上的「單刀會」，見於《三國志・吳書・魯肅傳》：「肅住益陽，與（關）羽相拒。肅邀羽相見，各駐兵馬百步上，但諸將軍單刀俱會。肅因責數羽曰：『國家區區本以土地借卿家者，卿家軍敗遠來，無以為資故也。今已得益州，既無奉還之意，但求三郡，又不從命。』語未究竟，坐有一人曰：『夫土地者，惟德所在耳，何常之有！』肅厲聲呵之，辭色甚切。羽操刀起謂曰：『此自國家事，是人何知！』目使之去。」在這裡，魯肅顯得理直氣壯，關羽則比較被動。羅貫中對史實加以改造，先寫東吳擺下「鴻門宴」，為關羽與魯肅的見面設置了嚴峻的背景；然後寫關羽以大無畏的英雄氣概，單刀赴會，在充滿殺機的環境裡從容不迫，談笑自若；再寫關羽隨機應變，一面讓周倉發出接應信號，一面挾持魯肅到江邊，安然返回，使東吳方面的精心策劃化為泡影，魯肅只能眼睜睜地看著關羽乘風而去（第六十六回）。於是，這一回便成了刻畫關羽有勇有謀、敢作敢為性格的精彩篇章，突出了他那壓倒一切的豪邁氣概和震懾對手的大將風度，使「單刀赴會」成為千古傳頌的英雄壯舉。

3. 歷史上的「刮骨療毒」，則見於《三國志・蜀書・關羽傳》：「羽嘗為流矢所中，貫其左臂，後創雖愈，每至陰雨，骨常疼痛。醫曰：『鏃有毒，毒入於骨，當破臂作創，刮骨去毒，然後此患乃除耳。』羽便伸臂令醫劈之。時羽適請諸將飲食相對，臂血流離，盈於盤器，而羽割炙引酒，言笑自若。」不過，為關羽刮骨療毒的醫生，卻根本不是華佗。因為此事大約發生在建安二十年（二一五）左右，而華佗早在建安十三年（二〇八）便被曹操殺害了，根本不可能去為關羽治傷。羅貫中在元代《三國志平話》的基礎上，巧妙運用顛倒時序、移花接木的藝術手法，把歷史上那位不知名的醫生變成了神醫華佗，生動地表現了關羽非凡的意志和蔑視世間一切困難的氣概，為塑造這個「古今來名將中第一奇人」的藝術形象添上了濃重的一筆。

在藝術上，作者善於層層蓄勢，使本來並不複雜的情節顯得起伏有致，藉以逐層表現關羽的英雄氣概。華佗的反覆試探，寫得一波三折，而手術的過程則一瀉而下。這種寫法，與「溫酒斬華雄」中關羽出馬前的層層鋪墊有異曲同工之妙。

另一方面，作者善於運用映襯和對比的藝術手法來刻畫人物。其一，華佗本是一代奇才，他那刮骨療毒的方法也很奇特，恰恰遇上關羽這個奇人，三者相映成趣，遂成小說史上的一段佳話。其二，在刮骨之時，用將士們「皆掩面失色」來襯托關羽的「全無痛苦之色」，使關羽的堅忍性格愈加生色。其三，通過華佗來襯托關羽：華佗一開始就是「因關將軍乃天下英雄」而主動前來，治療完畢盛讚「君侯真天神也」，最後堅決推辭任何報酬。對比他當年為東吳將領周泰治傷時的被聘而往、受重酬而去，這就從側面表現了關羽那令人傾倒的性格力量。

二、著重突出關羽「義重如山」的品格。

關羽待人處事的原則，集中體現為一個「義」字。這個「義」，既包含對劉蜀集團的忠誠，對「上報國家，下安黎庶」誓言的恪守，也包含「有恩必報」的人際關係準則。作品中表現關羽這種「義氣」的情節主要有兩個：一個是「千里走單騎」，另一個是「華容道放曹」。這就是毛宗崗在《讀三國志法》中大加稱讚的「獨行千里，報主之志堅；義釋華容，酬恩之誼重」。

歷史上關羽的辭曹歸劉並不複雜，歸劉的路程也不算遙遠。——當時劉備是在許都南面的㶏強（今河南臨潁東）一帶襲擾曹操後方，距許都不到二百里，步行三四天即可到達，騎馬則只需一天或略多一點時間❺。羅貫中馳騁藝術想像，通過豐富的情節，把這一過程寫得十分曲折動人。

首先，作品竭力渲染曹操對關羽的敬重和優待。曹操「以客禮待關公」，三日一小宴，五日一大宴，時而賜金銀，時而送美女，時而贈戰袍，時而送寶馬，真是關照備至。

其次，作品時時強調關羽雖然備受優待，卻始終心繫劉備，一再表示只要知道劉備下落，便一定前去尋找。

再次，作品在層層蓄勢的基礎上，正面描寫關羽得到劉備的準確消息後，立即掛印封金，寫書告辭曹操，獨自保護著二嫂，踏上了尋找劉備的千里長途（第二十五～二十六回）。這種不戀高官厚祿，不圖榮華富貴，不顧危難艱辛，重然諾，輕生死，始終忠於桃園之盟的高風亮節，如同青松傲雪，皓月當空，足令後人千秋敬仰！

3. 至於「華容道放曹」，完全是《三國演義》的虛構。據《三國志・魏書・武帝紀》注引《山陽公載記》，歷史上的曹操敗退華容道時，雖然境況十分狼狽，死者甚眾，但並未遇到任何埋伏，自然也談不上被關羽「義釋」的問題。《三國志平話》為了突出諸葛亮的智謀，編織了曹操三次遭到截擊的情節，其中第三次是被關羽攔住去路，曹操軟語求情，關羽以「軍師嚴令」拒絕，曹操只好強行「撞陣」，由於關羽突然「面生塵露」，曹操才僥倖逃脫。羅貫中對此情節作了大幅度的改造，創造出一個深刻表現關羽內心世界的精妙篇章。當關羽率領的五百校刀手擋住去路時，曹操「止有三百餘騎隨後，並無衣甲袍鎧整齊者」，而且早已筋疲力盡，毫無戰鬥力。在此絕境下，曹操只得軟語央告，動之以情。此時的關羽，陷於理智與情感的巨大衝突之中。從忠於漢室，忠於劉備集團的立場來看，曹操是圖謀篡逆的「漢賊」，是劉備集團的死敵，絕對不能放過；但從個人關係來看，曹操又是除劉備、張飛之外的關羽的平生知己，對關羽可謂恩深義重，他實在很難用自己的手去捉住曹操——

> 雲長是個義重如山之人，想起當日曹操許多恩義，與後來五關斬將之事，如何不動心？又見曹軍惶惶，皆欲垂淚，一發心中不忍。於是把馬頭勒回，謂眾軍曰：「四散擺開。」這個分明是放曹操的意思。操見雲長回馬，便和眾將一齊衝將過去。雲長回身時，曹操已與眾將過去了。雲長大喝一聲，眾軍皆下馬，哭拜於地。雲長愈加不忍。正猶豫間，張遼縱馬而至。雲長見了，又動故舊之情，長歎一聲，並皆放去。（第五十回）

作品描寫關羽感情的起伏變化，真是一波三折，宛曲有致。

對於關羽的放曹，今人多持否定態度，認為關羽為了一己私恩而背叛了原則。然而，對於《演義》中的關羽，這卻是由他的性格所導致的必然行動。按照「士為知己者死」的古代觀點，關羽此舉是可以理解的。因此，儘管放曹違背了劉備集團的根本利益，劉備卻原諒了關羽。事實上，羅貫中對關羽由此體現的「義」是肯定的，嘉靖元年本《三國志通俗演義》頌揚道：「徹膽長存義，終身思報恩。」毛宗崗在其修改本中也稱讚道：「拚將一死酬知己，致令千秋仰義名。」由此可見，「華容道放曹」體現了古代士文化的價值觀，為塑造關羽這個「義絕」典型寫下了最濃重的一筆。

三、多方表現關羽「剛而自矜」的性格。

作為一個典型的「忠義」英雄，關羽區別於其他英雄的性格特點是「剛強」和「驕矜」。剛強使他在長達三十五年的征戰生涯中戰勝了重重艱險，建立了累累功勳，成為天下聞名的勇將。驕矜則使他傲慢自大，目中無人；功勞越大，聲望越高，驕矜越甚。正是由於驕矜，他忘記了諸葛亮諄諄囑咐的「北拒曹操，東和孫權」的戰略方針，任性而行，使自己陷於兩面受敵的危險境地；正是由於驕矜，他輕信了陸遜假意奉承之辭，低估了東吳的力量，輕率地調走了荊州大部分守軍，給呂蒙、陸遜以可乘之機；也正是由於驕矜，他聽不得一點不同意見，一再拒絕王甫等人的正確建議，直到突圍時還不顧王甫「小路有埋伏」的警告，說什麼：「雖有埋伏，吾何懼哉！」（第七十七回）終致被俘身亡。因此，所謂「大意失荊州」，實際上是「驕傲失荊州」。儘管他對劉蜀集團忠心耿耿，卻被自己那驕矜的性格一步步地推向悲劇的結局，成為一個失敗的英雄。當然，失敗的英雄仍然是英雄，關羽以自己富貴不能淫，威武不能屈的堅毅言行，為自己的英雄交響曲譜寫了最後一個悲壯的樂章，仍然具有響遏行雲的力量。

總之，關羽的藝術形象既以其歷史原型為基礎，而又大大超越了其歷史原型，具有很高的美學價值。關羽的悲劇，不僅是其個人的命運悲劇，而且是劉蜀集團的歷史悲劇。由於關羽的失敗，劉蜀集團僅餘益州之地，諸葛亮〈隆中對〉提出的先跨有荊益，再伺機兩路北伐的戰略構想再也難以實現。因此，關羽的悲劇，成為劉蜀集團由盛而衰的轉折點，留下了豐富而深刻的歷史教益。

◆忠義典範化身爲神祇

對關羽的崇拜，肇始於隋唐，形成於宋元，鼎盛於明清。在《三國演義》問世之前，民間已有關羽崇拜，佛教、道教也根據自己的需要來神化關羽，宋元統治者則通過給關羽加封以突出其「忠」。而在《三國演義》問世以後，根據《演義》改編的戲曲、曲藝等藝術品種，又不斷地強化關羽的超人形象，並把對關羽的崇拜普及到社會各個階層和各個地區。正是多種社會因素的合力，把關羽推上了神的高位，讓芸芸眾生頂禮膜拜。

為什麼各個社會階層、各種社會力量都如此鍾情於關羽？最根本的原因，是關羽作為「義」的典範，深深植根於中華民族共同的文化心理。

3. 民族文化孕育的忠義英雄——關羽

中華文化是一種典型的倫理型文化，歷來重視道德倫理的修養和道德楷模的尊崇。早在西周初期，以周公為代表的統治者便提出了「德」的概念。《尚書・武成》曰：「我文考文王，克成厥勳，誕膺天命，以撫方夏。大邦畏其力，小邦懷其德。」《尚書・君奭》曰：「王人罔不秉德。」《尚書・蔡仲之命》曰：「皇天無親，惟德是輔。」都強調了「德」對於確立統治合法性的決定性作用。《周易・坤卦》曰：「君子以厚德載物。」則把「德」視為所有「君子」共同的倫理追求。因此，合格的統治者必須「敬德」，而敬德的關鍵在於「保民」。這種敬德保民的觀念，成為維繫西周社會發展的重要思想武器。到了春秋時期，諸侯爭霸，禮崩樂壞。這固然為巨大的社會變革提供了契機；但在無休止的彼此攘奪之中，崇德修禮之風受到嚴重衝擊，道德的重建也成為時代的迫切需求。於是孔子高舉起「禮義」、「仁義」的旗幟，毅然承擔起文化傳承與道德重建的使命。《禮記・禮運》曰：「禮也者，義之實也。……仁者，義之本也。」這比較準確地概括了「禮」、「仁」、「義」三者的關係。《禮記・儒行》曰：「儒有忠信以為甲冑，禮義以為幹櫓。戴仁而行，抱義而處，雖有暴政，不更其所。」表明了儒家堅持「仁義」之道的決心。而在《論語》中，有關「仁義」的論述更比比皆是。戰國時期，孟子繼承孔子而又自創新義，將基於民本思想的「仁義」學說發揚光大，並較好地闡述了「忠義」的關係。經過兩漢四百年的長期培植，「仁義」思想、「忠義」觀念深入人心，成為全民族普遍認同的文化心理。這種以「仁義」為根本宗旨，以「忠義」為道德規範的共同文化心理，深刻地影響著關羽的人生目標和人格養成。他之「好《左氏傳》，諷誦略皆上口」❻，決非偶然。通過畢生的實踐，關羽終於成為漢末三國時期公認的「忠義」英雄。而在他身後七、八百年的北宋時期，道德重建再次成為時代的迫切需求，「忠義」觀念進一步深入社會各個階層。於是，在關羽的「勇」、「剛」、「義」三大性格特點中，「義」得到了特別的重視和褒揚。這一代代相傳、逐步嬗變、不斷豐富的文化心理，乃是關羽形象的文化淵源。

誠然，對「義」這一概念要作具體分析。在漫長的封建時代，人們的「忠義」觀難以越出封建思想的藩籬，但其中也確實融合了人民群眾的觀念和感情。中華民族歷來把「義」區分為「大義」和「小義」。所謂「大義」，是指人們公認的根本的政治原則和道義原則。作為政治原則，它實際上等於「忠」，雖然常常指一心不貳地為封建王朝奔走效勞，但也常常指對國家、民族的忠貞不二，對理想、事業的矢志如一，鞠躬盡瘁。作為道義原則，它強調為人正直，處事公道，不畏強暴，扶危濟困，體現了廣大民眾對平等互助、患難相依的人際關係的真誠追求。所謂「小義」，則指胸襟狹隘，昧於是非，只顧一己私利，忘記甚至損害國家、民族利益，踐踏他人利益。本節第一部分已經談到，關羽的「義」，主要表現有三：一是忠義彪炳，二是信義素著，三是節義凜然，儘管統治者可以加以利用，但也基本符合廣大人民評判是非、處理人際關係的準則，在抗擊外敵入侵、維護民族尊嚴之際更是如此。因此，關羽的「義」，就主導方面而言，反映了中華民族傳統的價值觀、道德觀中積極的一面，具有跨越時代的價值，值得後人批判地吸收。

由此可見，關羽形象堪稱民族文化孕育的忠義英雄。

---

❶《讀三國志法》，載毛本《三國》卷首。

❷見拙作《「三國文化」概念初探》，原載《中華文化論壇》一九九四年第三期，修訂稿收入拙著《三國演義新探》（四川人民出版社二〇〇二年五月第一版）。

❸見《三國志・蜀書・諸葛亮傳》中諸葛亮出使江東時對孫權所言。

❹以上三例，均見《三國志・蜀書・關羽傳》。

❺參見拙作〈關羽真有「過五關斬六將」嗎？〉一文，先後收入拙著《三國漫談》（遠流出版公司二〇〇二年版）、《賞味三國》（遠流出版公司二〇〇六年版）。

❻《三國志・蜀書・關羽傳》注引《江表傳》。《三國志・吳書・呂蒙傳》注引《江表傳》亦云：「斯人（指關羽）長而好學，讀《左傳》略皆上口」。

4. 梟雄與明君——劉備

《三國演義》中的劉備，是除諸葛亮、關羽、曹操之外，作者著墨最多的人物之一，是作為理想的「明君」形象來塑造的。然而，現代的相當一部分讀者對劉備形象卻評價不高，甚至頗有非議。一些人認為，劉備形象是「蒼白無力」的。究竟應當怎樣看待羅貫中塑造劉備形象的得失，是一個很有藝術價值的問題。

◆明君梟雄，一人兩面

歷史上的劉備，作為與曹操、孫權鼎足而立的天下英傑，蜀漢政權的開國之君，既有「明君」之譽，又有「梟雄」之稱。

作為「明君」，劉備一生作為，基本符合古人對「明君」的最重要的兩點期待：一是仁德愛民，有濟世情懷；二是尊賢禮士，有知人之明。史書對這兩方面都記載頗多。

就「仁德愛民」而言，劉備大半生顛沛奔走，屢遭挫敗，施仁政於民的機會並不多；但他深知「得人心者得天下」的道理，重視以寬仁厚德待人，與那些殘民以逞、暴虐嗜殺的軍閥判然有別，因此而爭取到了人心。《三國志·蜀書·先主傳》記劉備領平原相時，郡民劉平不服，派刺客去刺殺他，「客不忍刺，語之而去（《華陽國志·劉先主志》作「客服其德，告之而去」）。其得人心如此。」裴注引王沈《魏書》補充道：「是時人民饑饉，屯聚鈔暴。備外禦寇難，內豐財施，士之下者，必與同席而坐，同簋而食，無所簡擇。」因此「眾多歸焉」。在他於荊州依附劉表期間，「荊州豪傑歸先主者日益多」。建安十三年（二〇八）秋，曹操南征荊州，劉琮不戰而降，諸葛亮建議他攻劉琮而奪荊州，他卻答道：「吾不忍也。」當他由樊城向南撤退時，「（劉）琮左右及荊州人多歸先主。比到當陽，眾十餘萬，輜重數千輛，日行十餘里」。有人勸他拋開百姓，速行保江陵，他卻斷然拒絕：「夫濟大事必以人為本，今人歸吾，吾何忍棄去！」在此安危之際，哪怕有生命危險也不願拋棄百姓，在歷代開國君主中實不多見。裴注特引東晉史學家習鑿齒評論曰：「先主雖顛沛險難而信義愈明，勢偪事危而言不失道。追景升之顧，則情感三軍；戀赴義之士，則甘與同敗。觀其所以結物情者，豈徒投醪撫寒含蓼問疾而已哉！其終濟大業，不亦宜乎！」《資治通鑑》漢紀五十七亦引此語，可見劉備之仁德有道，已得到歷代史家的普遍承認。

就「尊賢禮士」而言，劉備的表現尤為突出。建安十二年（二〇七），時為左將軍領豫州牧、年已四十七歲、被視為天下大英雄的他，滿懷誠意，三顧茅廬，恭請年僅二十七歲、無名無位、尚未建立任何功業的諸葛亮出山輔佐，留下千古美談。隆中對策時，諸葛亮稱讚他「信義著于四海，總攬英雄，思賢如渴」，並非虛言。建安十九年（二一四）奪取益州之後，對於荊州舊部和益州新附，他兼容並包，唯才是舉，「皆處之顯任，盡其器能。有志之士，無不競勸。」[1]其中益州名士黃權曾堅決勸阻劉璋迎劉備入蜀，劉備攻取益州時又堅守廣漢，直到劉璋投降後方才歸順。劉備卻不計前嫌，任命黃權為偏將軍，信任有加；劉備稱漢中王，兼領益州牧，以黃權為治中從事；劉備稱帝後，親率大軍伐吳，又以黃權為鎮北將軍，督江北諸軍以防魏。劉備在夷陵慘敗後，黃權無法退還蜀中，只得率兵降魏；蜀漢主管官員為此要逮捕黃權的妻子，劉備卻說：「孤負黃權，權不負孤也。」照樣優待黃權的妻子。對此，裴松之注《三國志・蜀書・黃權傳》時由衷稱讚道：「漢武用虛罔之言，滅李陵之家，劉主拒憲司所執，宥黃權之室，二主得失懸邈遠矣。《詩》云『樂只君子，保艾爾後』，其劉主之謂也。」另一位名士，荊州零陵人劉巴，與劉備作對的時間更長：當曹操南征荊州時，眾多荊州士人都追隨劉備南撤，劉巴卻歸順了曹操；赤壁之戰後，曹操命劉巴招納長沙、零陵、桂陽三郡，欲與劉備抗衡；由於劉備及時奪得三郡，這一圖謀失敗了，劉巴無法回去交差，諸葛亮寫信勸他歸順劉備，劉巴卻拒絕了，遠遠地跑到交趾，使「先主深以為恨」；後來，劉巴由交趾輾轉到達蜀中，當劉璋欲迎劉備入蜀時，他又一再勸阻；直到劉備奪得益州，劉巴才表示歸順。而對這位劉巴，劉備表現得更加寬容大度：進攻成都時，他就號令軍中道：「其有害巴者，誅及三族。」平定益州後，他很快便任命劉巴為左將軍西曹掾（劉備此時的主要官職是左將軍，西曹掾主管府內官吏的任用）；劉備稱漢中王，以劉巴為尚書；法正去世後，又將劉巴晉升為尚書令，負責處理日常政務❷。這些，充分表現了劉備作為開國君主的雅量。特別是他臨終之時，託孤於諸葛亮，慨然囑咐道：「君才十倍曹丕，必能安國，終定大事。若嗣子可輔，輔之；如其不才，君可自取。」❸後人對此或有猜疑乃至誅心之論，但縱觀數千年封建社會史，有幾個皇帝願意或者敢於像劉備那樣託孤？當然，劉備並非鼓勵諸葛亮取其子而代之，而是希望諸葛亮盡力輔之，但如此氣度胸襟，仍罕有其匹。還是陳壽在〈先主傳〉末的評價比較公允：「及其舉國托孤於諸葛亮，而心神無貳，誠君臣之至公，古今之盛軌也。」

尊賢禮士的另一面，便是知人之明。用人之長，如重用諸葛亮、龐統、法正，當然是最好的「知人之明」，對此不必多論；而知人之短，也是了不起的「知人之明」。比如馬謖，「才器過人，好論軍計」，深受諸葛亮賞識；劉備臨終前卻特別提醒諸葛亮：「馬謖言過其實，不可大用，君其察之！」❹後來馬謖雖曾在諸葛亮南征時出過「攻心為上」的好主意，但他剛愎自用，丟失街亭，使諸葛亮首次北伐的成果毀於一旦，卻證明了劉備的先見之明。至於像魏延這樣優點突出缺點也明顯的人才，劉備用其長而避其短，大膽委以鎮守漢中的重任，更是極具洞察力之舉，非明君不能為。在這方面，就連素有「知人善任」美譽的諸葛亮似乎也略遜一籌。

作為「梟雄」，史書記載也不少。所謂「梟雄」，意思是「驍悍雄傑的人物」。劉備出身於早已敗落的遠支皇族之後，家境清寒，既沒有曹操、袁紹那樣顯赫的家庭背景（曹操作為「贅閹遺醜」，雖然家庭名聲不及袁紹光彩，但其父曹嵩官至太尉，家資巨富，曹操也因此很早便進入仕途），也沒有孫權那樣繼承自父兄的大片地盤，幾乎是白手起家，要想在天下大亂，群雄並立之時開創江山，沒有幾分驍悍之氣是根本行不通的。事實上，「梟雄」恰恰是劉備的一大特色，成為當時許多人對他的定評。

例如：建安十三年（二〇八），劉表剛去世，魯肅建議孫權與劉備聯合抗曹，便稱劉備為「天下梟雄」。建安十四年（二〇九），當劉備至京城見孫權時，周瑜曾上書孫權，亦稱劉備為「梟雄」，主張將其扣留於吳。次年，周瑜卒，臨終前上書孫權，又稱「劉備寄寓，有似養虎」。

這種驍悍之氣，主要表現有四：

一是冒險精神。劉備從登上政治舞台之初，便經常親冒矢石，不避艱險。早年兵少力微，動輒「力戰有功」，「數有戰功」❺，固屬必然；赤壁之戰，「身在行間，寢不脫介，戮力破魏」

❻，也不奇怪。及至建安二十四年（二一九）爭奪漢中之役，他已五十九歲，手下兵多將廣，但在「矢下如雨」之際，仍奮勇向前（見《三國志・蜀書・法正傳》注），便可見其冒險精神，至老彌篤了。

二是機變權略。建安元年（一九六），兵敗投奔他的呂布趁他與袁術相攻之機，襲取徐州，他失去立足之地，只得向呂布求和，屯駐小沛，可謂能屈能伸。建安三年（一九八），呂布被擒殺後，隨曹操至許都，可謂暫棲虎穴。建安四年（一九九），與曹操對食論英雄，借雷霆之威掩飾震驚之情，可謂隨機應變。隨後以截擊袁術為名，離開許都，從此擺脫曹操控制，可謂見機而作。凡此，均可見其機變權略。

三是堅忍不拔。在漢末逐鹿天下的群雄中，劉備屢遭挫敗，有時甚至敗得很慘；但他從不灰心喪氣，而是敗而不餒，折而不撓。這種不屈不撓的精神，使他每每轉危為安，終於在諸葛亮的輔佐下，成為三分鼎立中的一方。

四是某種程度的霸道。最典型的是殺張裕之事。張裕原為劉璋從事，劉備入蜀與劉璋相會時，與張裕互相嘲弄，張裕因劉備無鬚，戲稱其為「潞涿君」（偕「露啄君」之音）。劉備因其不遜，積怒在心。後因張裕私下對人說：「主公得益州，九年之後，寅卯之間當失之。」這確是大為犯忌之言，劉備乃以「漏言」之罪，下令誅之。諸葛亮上表詢問為何要將張裕處死，劉備答曰：

「芳蘭生門，不得不鋤。」這就有些強詞奪理了。儘管這種霸道行徑不多，但足以使人看到，劉備畢竟不可能避免封建君主固有的專制性。

縱觀歷史，那些在亂世中崛起的、真正有所作為的開國之君，差不多都有幾分驍悍之氣。從漢高祖劉邦到唐太宗李世民，從宋太祖趙匡胤到明太祖朱元璋，均可稱為梟雄。而在封建時代，梟雄與明君並非截然對立，而往往是同一君主的不同側面。從公認的明君唐太宗身上，我們不是可以清楚地看到這一點嗎？

◆強此弱彼，有得有失

羅貫中在描寫《三國演義》中的劉備時，以歷史人物劉備為原型，同時根據封建時代廣大民眾對政治家的選擇，根據自己的政治理想和審美傾向，著力突出其明君形象，而有意淡化其梟雄色彩。

首先，作品多方表現了劉備的寬仁愛民，深得人心。《演義》第一回，寫劉關張桃園結義，其誓詞便赫然標出「上報國家，下安黎庶」八個大字。這既是他們的政治目標，又是他們高高舉起的一面道德旗幟。從此，寬仁愛民，深得人心就成了劉備區別於其他政治集團領袖的顯著標誌。他第一次擔任官職——安喜縣尉，便「與民秋毫無犯，民皆感化。」督郵索賄不成，欲陷害他，百姓紛紛為之苦告（第二回）。此後他任平原相，已被譽為「仁義素著，能救人危急」（太史慈語，見第十一回）。陶謙臨終，以徐州相讓，劉備固辭，徐州百姓「擁擠府前哭拜曰：『劉使君若不領此州，我等皆不能安生矣！』（第十二回）曹操擒殺呂布，離開徐州時，「百姓焚香遮道，請留劉使君為牧。」（第二十回）這表明他占據徐州的時間雖不長，卻已深得民心。在他又一次遭到嚴重挫折，不得不到荊州投奔劉表，受命屯駐新野時，他仍以安民為務，因此「軍民皆喜，政治一新。」（第三十四回）新野百姓欣然謳歌道：「新野牧，劉皇叔；自到此，民豐足。」（第三十五回）

從建安六年到十三年（二〇一～二〇八），劉備寄居新野達七年之久，在他輾轉奔走的前半生中，這算是時間最長、相對安定的一個時期。在此期間，劉備對自己的政治生涯進行了認真的反思，並接受「水鏡先生」司馬徽的批評，一面把人才置於戰略的高度，努力求賢；一面更加重視爭取民心，為重新崛起準備條件。當曹操親率大軍南征荊州，劉琮不戰而降之時，劉備被迫向襄陽撤退，新野、樊城「兩縣之民，齊聲大呼曰：『我等雖死，亦願隨使君！』即日號泣而行。」到了襄陽城外，劉琮閉門不納，蔡瑁、張允還下令放箭。魏延路見不平，拔刀相助，開了城門，放下吊橋，大叫：「劉皇叔快領兵入城，共殺賣國之賊！」劉備見魏延與文聘在城邊混戰，便道：「本欲保民，反害民也。吾不願入襄陽。」於是「引著百姓，盡離襄陽大路，望江陵而走。襄陽城中百姓，多有乘亂逃出城來，跟玄德而去。」（第四十一回）就這樣，在建安十三年秋天的江漢大地上，劉備帶領十餘萬軍民，扶老攜幼，上演了「攜民南行」的悲壯一幕。如此撤退，顯然有違於「兵貴神速」的軍事原則，對保存實力、避免曹軍追擊十分不利。故眾將皆曰：「今擁民眾數萬，日行十餘里，似此幾時得至江陵？倘曹兵到，如何迎敵？不如暫棄百姓，先行為上。」劉備明知此言有理，卻泣而拒之曰：「舉大事者必以人為本。今人歸我，奈何棄之？」行至當陽，果然被曹操親自率領的精兵趕上，十餘萬軍民頓時大亂。劉備在張飛保護下且戰且走，天明看時，身邊僅剩百餘騎，不禁大哭道：「十數萬生靈，皆因戀我，遭此大難；諸將及老小，皆不知存亡。雖土木之人，寧不悲乎！」（同上）這一仗，劉備在軍事上一敗塗地，而在道義上卻贏得了極大的勝利。這種生死關頭的選擇，決非一般亂世英雄的惺惺作態所能比擬。從此，劉備的「仁德愛民」更加深入人心，並成為他迥別於其他創業之君的最大的政治優勢。

其次，作品竭力渲染了劉備的敬賢愛士，知人善任。其中，他對徐庶、諸葛亮、龐統的敬重和信任，都超越史書記載，寫得十分生動感人；尤其是對他與諸葛亮的魚水關係的描寫，更是具有典範意義。

歷史上的徐庶，歸屬劉備的時間不算長，除向劉備推薦諸葛亮外，在政治、軍事上發揮的作用也不算大，《三國志・蜀書・諸葛亮傳》僅云：「徐庶見先主，先主器之……曹公來征……先主在樊聞之，率其眾南行，（諸葛）亮與徐庶並從，為曹公所追破，獲庶母。庶辭先主而指其心曰：『本欲與將軍共圖王霸之業者，以此方寸之地也。今已失老母，方寸亂矣，無益於事，請從此別。』遂詣曹公。」而在《三國演義》中，劉備一見徐庶，便坦誠相待，拜為軍師，委以指揮全軍之責。在先後打敗呂曠兄弟、曹仁之後，劉備更視徐庶為天下奇才。而當徐庶得知母親被曹操囚禁，辭別劉備時，劉備雖然難以割捨，但為顧全其母子之情，仍忍痛應允。分別的前夜，「二人相對而泣，坐以待旦。」次日一早，劉備又親送徐庶出城，置酒餞行；宴罷，仍「不忍相離，送了一程，又送一程。」直到徐庶騎馬遠去，劉備還立馬林畔，「凝淚而望」（第三十六回）。這些描寫，儘管主要是為「走馬薦諸葛」和「三顧茅廬」作鋪墊，卻足以見出劉備求才之誠，頗具藝術感染力。

對於劉備對諸葛亮的高度信任與倚重，《三國演義》更是作了濃墨重彩的描寫。歷史上劉備請諸葛亮出山之事，《三國志・蜀書・諸葛亮傳》中僅有一句話：「由是先主遂詣亮，凡三往，乃見。」而《演義》卻以兩回半的篇幅，精心設計，反覆皴染，將「三顧」的過程寫得委婉曲折，令人悠然神往。劉備初見孔明，便屈尊「下拜」；聽罷隆中對策，先是「避席拱手謝」，繼而「頓首拜謝」；乍聞孔明不願出山，當即「淚沾袍袖，衣襟盡濕」；及至孔明答應輔佐，又不禁「大喜」。這些充滿理想色彩的細節，把劉備求賢若渴的誠意渲染得淋漓盡致。諸葛亮出山以後，《演義》又充分突出其在劉蜀集團中的關鍵地位和作用，竭力強調劉備對他的高度信任與倚重。我在本章第一節〈理想的典範——諸葛亮〉中，對此已經作了分析，這裡不再重複。

歷史上的龐統，在劉備領荊州牧後歸之，開始「以從事守耒陽令，在縣不治，免官。」後經魯肅、諸葛亮薦舉，「先主見與善譚，大器之，以為治中從事。親待亞於諸葛亮，遂與亮並為軍師中郎將。」❼《演義》則在史實的基礎上，發揮浪漫主義想像，寫龐統剛投奔劉備時，劉備以貌取人，命其為耒陽縣令；一旦得知龐統半日了斷百日公務，劉備立即自責：「屈待大賢，吾之過也！」及至看了魯肅的薦書，聽了諸葛亮的評價，劉備「隨即令張飛往耒陽縣敬請龐統到荊州」，並「下階請罪」，遂拜龐統為軍師中郎將，「與孔明共贊方略」（第五十七回）。如此虛己待人，不能不令賢士感動。這種君臣遇合，魚水相諧的關係，乃是千百年來知識分子最渴望的理想境界。

總之，寬仁愛民和敬賢愛士這兩大品格的充分表現，使《三國演義》中的劉備形象擺脫了以往三國題材通俗文藝中劉備形象的草莽氣息，成了古代文學作品中前所未有的「明君」範型。

對於劉備的梟雄色彩，《三國演義》有意加以淡化，或者不寫，或者來個移花接木。最明顯的例子是「鞭打督郵」。按照《三國志·蜀書·先主傳》和裴注的記載，歷史上鞭打督郵的本來是劉備。事情的經過是：由於朝廷下詔，要對因軍功而當官的人進行淘汰，正在當安喜縣尉的劉備擔心自己用鮮血換來的官職也可能保不住；正好督郵來到安喜縣，準備遣還劉備；劉備前往館驛求見，督郵卻稱病不見；劉備一氣之下，帶人闖入館驛，將督郵捆起來，綁在樹上狠狠打了一頓；然後解下自己的印綬，掛在督郵的頸子上，揚長而去。歷史上的劉備原本號稱「梟雄」，性格剛毅，此時又年輕氣盛，受到欺辱時自然不願忍氣吞聲，這樣做也並不奇怪。但在《三國演義》中，羅貫中為了把劉備塑造為理想的「明君」，便把此事移到張飛頭上，這樣既不損害劉備「寬仁長厚」的形象，又有利於突出張飛性如烈火、嫉惡如仇的性格特徵，可謂一舉兩得。本節第一部分剖析的其梟雄性格的四個主要特點，《演義》著重表現了其堅忍不拔的毅力，對其機變權略也有所表現，這裡不作詳論。如此安排，自然是為了有利於突出劉備的「明君」形象，但也存在兩個明顯的弊病：其一，強此弱彼，在一定程度上損害了人物形象的豐富性。其二，過分淡化劉備的梟雄色彩，無形中降低了劉備作為劉蜀集團領袖的號召力和影響力，使這位歷盡艱辛的開國明君少了幾分英雄之氣，卻多了幾分平庸之感。

由於作品對劉備的仁厚有時誇張過分，反而顯得不夠真實，加之社會心理發生了巨大變化，現代讀者往往覺得劉備形象不太可愛。

---

❶《三國志・蜀書・先主傳》。

❷《三國志・蜀書・劉巴傳》。
❸《三國志・蜀書・諸葛亮傳》。
❹《三國志・蜀書・馬謖傳》。
❺《三國志・蜀書・先主傳》。
❻《三國志・吳書・魯肅傳》注引韋昭《吳書》。
❼《三國志・蜀書・龐統傳》。

5. 用市民意識改造的英雄——張飛

《三國演義》中的張飛，是廣大讀者最熟悉、最喜愛的人物形象之一。與其他人物形象明顯不同的是，《演義》中的張飛，是一個帶有較多民間色彩和市井氣息的英雄，一個血肉豐滿、虎虎有生氣的藝術形象。

◆歷史上的張飛

從《三國志・蜀書・張飛傳》等有限的史料來看，歷史上的張飛，主要具有這樣幾個特點：

其一，長期追隨劉備，歷經艱辛，忠心不二。漢靈帝光和七年（一八四年，是年底始改為中平元年）二月，黃巾起義爆發。「先主於鄉里合徒眾，而（關）羽與張飛為之禦侮。先主為平原相，以羽、飛為別部司馬，分統部曲。先主與二人寢則同床，恩若兄弟。而稠人廣坐，侍立終日，隨先主周旋，不避艱險。」（《三國志・蜀書・關羽傳》）在長達三十八年（一八四～二二一）的充滿驚濤駭浪的歲月裡，劉備曾屢遭挫敗，喪師失地，最狼狽時甚至無立錐之地。但無論在何等艱難竭蹶的情況下，張飛始終追隨劉備，不棄不離，不懈不怠，耿耿忠心，可對天日。

其二，雄壯威猛，英勇善戰。在這方面，最突出、最有名的有兩例。一是建安十三年（二〇八）「獨據長坂橋」之事：

曹公入荊州，先主奔江南。曹公追之，一日一夜，及于當陽之長坂。先主聞曹公卒至，棄妻子走，使飛將二十騎拒後。飛據水斷橋，瞋目橫矛曰：「身是張益德也（按：張飛本字「益德」，某些《三國》版本和三國戲作「翼德」，誤），可來共決死！」敵皆無敢近者，故遂得免。（《三國志・蜀書・張飛傳》）

面對乘勝而來、氣勢洶洶的大隊曹軍，手下僅有區區二十騎的張飛毫不畏縮，橫眉怒視，以其凜凜威風震懾敵膽，竟使曹軍「無敢近者」。在古代戰爭史上，這真是罕見的奇蹟！另一例是建安二十年（二一五）「大破張郃」之事：

曹公破張魯，留夏侯淵、張郃守漢川。郃別督諸軍下巴西，欲徙其民于漢中，進軍宕渠、蒙頭、蕩石，與飛相拒五十餘日。飛率精卒萬餘人，從他道邀郃軍交戰，山道窄狹，前後不得相救，飛遂破郃。郃棄馬緣山，獨與麾下十餘人從間道退，引軍還南鄭，巴土獲安。（〈張飛傳〉）

張郃乃是曹操手下的一流大將，機警勇猛，屢建戰功，在曹軍中的實際聲望高於深受曹操倚重的親信大將夏侯淵❶，此役竟被張飛打得如此狼狽，僅與十餘人逃回南鄭。這既是張郃一生的奇恥大辱，也是張飛一生打得最漂亮的一仗。難怪陳壽評曰：「關羽、張飛皆稱萬人之敵，為世虎臣。」

其三，尊賢愛士，敬慕君子。張飛出身，史無明文；但從〈張飛傳〉中「少與關羽俱事先主」一語來看，顯然門第不高。然而，這位劉備手下資格最老、功勞最大的元勳之一，這位戎馬一生、威名赫赫的勇將，卻並不滿足於做一個赳赳武夫，對那些博學儒雅、英毅耿介之士，他非常敬重，總願與之交友，頗有禮賢下士之風。最膾炙人口的自然是「義釋嚴顏」之事：

先主入益州，還攻劉璋，飛與諸葛亮等泝流而上，分定郡縣。至江州，破璋將巴郡太守嚴顏，生獲顏。飛呵顏曰：「大軍至，何以不降而敢拒戰？」顏答曰：「卿等無狀，侵奪我州，我州但有斷頭將軍，無有降將軍也。」飛怒，令左右牽去斫頭。顏色不變，曰：「斫頭便斫頭，何為怒邪！」飛壯而釋之，引為賓客。（〈張飛傳〉）

面對鐵骨錚錚的嚴顏，張飛轉怒為喜，將這位階下囚變成了座上客。這絕不是一般的莽夫能夠做到的。嚴顏甘作「斷頭將軍」固然可敬，張飛「壯而釋之」也十分難能可貴，這正是此事成為千古美談的原因。此外，還有一件很少被人提到的事：

張飛嘗就（劉）巴宿，巴不與語，飛遂忿恚。（《三國志．蜀書．劉巴傳》注引《零陵先賢傳》）

此事發生於建安十九年（二一四）劉備奪取益州，劉巴歸附劉備之後不久。那位出身名門、才智過人而又頗為自負的劉巴，一時瞧不起武夫出身的張飛，並不奇怪。而張飛不以勝利者自居，更不因劉巴曾經一再反對劉備而憎惡之，卻因其高名而主動表示親近，「就巴宿」，這顯然表現了張飛傾心於高雅之士的作風；儘管由於劉巴「不與語」這種很不禮貌的態度，他曾一度「忿恚」，但經過諸葛亮的勸解，特別是劉巴自己變高傲自負為「恭默守靜」以後，二人想來是言歸於好了的。

後世記載張飛善書法，懂繪畫，當非空穴來風，大概是他與才士們長期交往，耳濡目染的結果吧。

其四，性格暴躁，遇下寡恩。身為勇將，歷經波折，性格急躁甚至暴躁一點，本不足怪；但馳騁疆場數十年，與士卒一起出生入死，甘苦與共，至少應該懂得善待部屬這個起碼的道理。然而，張飛卻偏偏不懂這一點，對士卒極其粗暴，動輒鞭撻致死。這是一個致命的弱點。劉備就曾多次告誡張飛：「卿刑殺既過差，又日鞭撾健兒，而令在左右，此取禍之道也。」（〈張飛傳〉）但張飛卻依然故我，還是動不動就拿部下出氣，這當然要激起某些部下的不滿甚至報復。果然，章武元年（二二一）六月，正當他準備從閬中出兵，到江州與劉備會合，一起伐吳之時，卻被部將張達、范彊殺害。一代虎將，壯志未酬，竟死於非命，固然令人痛惜，但這卻是他自己粗暴性格釀成的可怕後果！陳壽評張飛云：「飛愛敬君子而不恤小人。……飛暴而無恩，以短取敗，理數之常也。」這實在沒有冤枉他。

綜上所述，歷史上的張飛，不愧為一代名將，劉蜀棟梁，其個性也非常鮮明；但在待人接物上，他最突出的特點卻是「愛敬君子而不恤小人」。這就是說，在思想感情上，他與普通百姓其實有著相當大的距離，難以讓後代的市井小民們感到親切可愛。

◆型塑張飛「勇而莽」的性格特色

從宋元時期起，隨著市民階層的壯大和通俗文藝的發展，三國歷史成為一個越來越熱門的話題。人們在講說三國英雄的故事時，往往按照市民自身的歷史觀、道德觀和審美觀，改造歷史，改塑人物。在「尊劉貶曹」的主導傾向下，張飛成為一個最具知名度的人物。

在今所知見的數十齣元雜劇三國戲中，以張飛為主角的就有《莽張飛大鬧相府院》、《張翼德大破杏林莊》、《張翼德單戰呂布》、《張翼德三出小沛》、《摔袁祥》、《莽張飛大鬧石榴園》等十餘齣，數量位居前茅。而在元代刊刻的《三國志平話》中，《張飛見黃巾》、《張飛殺太守》、《張飛鞭督郵》、《張飛獨戰呂布》、《張飛摔袁襄》、《張飛三出小沛》、《張飛捉呂布》等關目，頗為引人注目，使張飛成為此書前半部中最有活力的人物。

這些以張飛為主角或重要角色的通俗文藝作品，按照市民階層的意識，將歷史人物張飛「勇而暴」的性格特色，改造為「勇而莽」的性格特色。這是一個容易被人忽略、實則非常重要的變化。「暴」的精神指向是「殘暴」，意味著不講道理，暴虐好殺，它只能減弱人們對劉蜀集團和張飛本人政治上的好感，而絕不會讓小民百姓喜歡。「莽」則意味著魯莽、粗心，也意味著無城府、少心計。它雖然常常導致誤事，卻沒有那股令人害怕的殺氣；它是許多平民百姓也會有的毛病，是可以容忍、可以接受的缺點。所以，此時的「莽張飛」，已經向市民的藝術口味大大地靠攏了一步。不過，此時的張飛形象，由於作品的粗陳梗概而顯得不夠豐滿，還由於某些情節誇張過分而明顯失真（如《三國志平話》寫他在長坂橋頭「叫聲如雷灌耳，橋梁皆斷，曹軍倒退三十里」），他的「可愛」度還不高，還期待著天才作家的進一步塑造。

元末明初傑出的通俗文藝作家羅貫中，一面充分熟悉漢末三國史料，一面選擇吸收通俗文藝的養料，並充分發揮自己的藝術創造才能，在《三國演義》中塑造了一個具有高度美學價值的、全新的張飛形象。

羅貫中在塑造《三國演義》中的張飛形象時，除了保持歷史人物張飛忠於劉蜀集團、勇猛善戰的基本特點之外，主要按照市民階層的倫理觀和審美觀，著重在以下幾個方面進行創新：

其一，賦予張飛一個接近市民的出身。

我在前面已經說過：「張飛出身，史無明文。」《三國志平話》卷上稱他「家豪大富」，卻沒說明他以何為業。而在《三國演義》第一回中，張飛首次出場，便自稱「世居涿郡，頗有莊田，賣酒屠豬，專好結交天下英雄。」所謂「頗有莊田」，當然算得上富裕；而「賣酒屠豬」——儘管他本人不一定親自操刀殺豬——則是普通市民們相當熟悉、相當接近的行當。這樣的出身，很自然地賦予了張飛較多的民間色彩和市井氣息。

有意思的是，劉關張三人的實際出身都不算高：歷史上的劉備，雖然說是「漢景帝子中山靖王（劉）勝之後」，但早已家道中落，不得不以「販履織席為業」（《三國志・蜀書・先主傳》）；《三國演義》據史敍述云：「家寒，販履織席為業」（嘉靖元年本《三國志通俗演義》第一回，毛本《三國演義》第一回作「家貧，販屨織席為業」）。歷史上的關羽，出身不明，《三國志・蜀書・關羽傳》開篇便說他「亡命奔涿郡」，想來應該是出身於下層；《三國演義》亦未明言關羽的出身，而第一次寫他出場的動作則是「推一輛小車」（嘉靖元年本《三國志通俗演義》第一回，毛本《三國演義》第一回作「推著一輛車子」），顯然是下層勞動者模樣；民間傳說便乾脆說他是賣豆腐（或賣黃豆）出身。相近的出身，給了他們彼此接近的機會，成為他們順利結拜為兄弟的重要基礎。

然而，由於劉備後來成為蜀漢的開國之君，謚「昭烈」，關羽早在北宋即已追封為王，元代已習稱「關大王」，在普通民眾心目中，他們已是高高在上的帝王和神祇。因此，儘管劉關張原本都有市井氣息，張飛的家境還好於劉備、關羽，卻只有張飛最能使芸芸眾生感到親切。

其二，充分突出張飛愛憎分明、嫉惡如仇的道德品格。

歷史上的張飛，對劉蜀集團確實忠心不二，但那主要是群雄紛爭中各事其主的政治立場，說不上有多少高於他人的道德色彩（夏侯惇、典韋、許褚之忠於曹操，周瑜、魯肅、黃蓋之忠於孫權，田豐、沮授之忠於袁紹，王累之忠於劉璋，均不亞於張飛）。

在《三國志平話》中，張飛殺死定州太守，是因太守斥責劉備就任安喜縣尉時「違限半月有餘」，「是拖酒慢功，嫌官小，故意違慢」，差一點要杖責劉備；他鞭打督郵，則是因為督郵奉命前來調查殺太守之事，由於劉備涉嫌而下令將其拿下。這裡雖有一點反抗暴政的因素，但主要是出於不願劉備受氣、而要為之撐腰的剛強性格，因此「善」與「惡」的界限還不夠鮮明。

而在《三國演義》中，張飛的許多行動都帶有正義的色彩：軍閥董卓兵敗時曾被劉關張所救，卻因三人是「白身」而傲慢無禮。張飛為其忘恩負義而大怒道：「我等親赴血戰，救了這廝，他卻如此無禮！若不殺之，難消我氣。」提刀便要殺掉董卓（第一回）。這是英雄好漢對勢利小人的怒斥。劉備任安喜縣尉不到四個月，督郵前來巡視，索要賄賂不成，竟拷打縣吏，逼其誣陷劉備。對這個貪財害民的傢伙，張飛抓住就是一頓痛打（第二回）。這是清白自守者對貪官污吏的懲罰。虎牢關前，當八面威風的呂布打敗公孫瓚，縱馬追擊之時，張飛挺矛飛馬加以攔截，大喝道：「三姓家奴休走！燕人張飛在此！」（第五回）這是具有人格尊嚴者對見利忘義者的極大蔑視。這些言行，足見錚錚鐵骨、浩然正氣，表現了正義對邪惡、高尚者對卑鄙者的道義優勢，可使那些長期遭受壓迫欺凌、滿腹怨憤、常常敢怒而不敢言的市井小民們拍手稱快。

其三，大力凸顯張飛「魯莽」的性格特色。

在《三國志平話》初步形成的「勇而莽」的性格基礎上，《三國演義》進一步強化了張飛「

莽」的一面。劉備、關羽出征袁術時，他主動承擔留守徐州的重任，卻因醉酒使性，責打曹豹，使呂布乘機襲取徐州，害得劉備頓失依據，進退兩難（第十四回）。劉備依附呂布而暫居小沛時，他擅自搶奪呂布派人購買的馬匹，導致呂布前來圍攻，迫使劉備放棄小沛，投奔曹操（第十六回）。這類情節雖然不多，卻使「莽張飛」的形象深入人心，與關羽的「剛而自矜」、趙雲的穩重精細、馬超的好勇鬥狠、黃忠的老當益壯判然有別，表現出獨特的風采。

其四，一再渲染張飛真誠坦率，心直口快的個性。

劉備一顧茅廬，他不以為然；二顧茅廬，他很不耐煩；三顧茅廬，他見諸葛亮高臥不起，氣得要到屋後放火；諸葛亮出山之初，他很不服氣，但火燒博望一戰成功，他馬上與關羽交口讚揚：「孔明真英傑也！」從此心悅誠服，恭聽指揮，再不扯皮（第三十七～三十九回）。

龐統剛投奔劉備時，劉備以貌取人，僅任其為耒陽縣令。龐統懷才不遇，每日飲酒，不理政事；他聽說後大怒，想抓住龐統問罪；而當親眼看到龐統的真才實學，便立即賠禮道歉，並向劉備極力舉薦（第五十七回）。

當他率兵入蜀增援劉備時，被嚴顏擋住去路，還被一箭射中頭盔，恨得咬牙切齒；而捉住嚴顏後，卻被這位「斷頭將軍」的慷慨不屈所感動，馬上來了個「義釋嚴顏」（第六十三回）。這些情趣盎然的故事，與歷史上的張飛「愛敬君子」的舉止在內涵上已有明顯差異，主要表現了張飛坦白豪爽、服膺善類、胸無城府的個性，從而為小說中的「莽張飛」增添了許多可愛之處。

其五，不時表現張飛的粗中有細。

在凸顯張飛「莽」的性格特色的同時，《演義》又設計若干情節，描寫他往往粗中有細，偶爾也會想出幾條妙計。

當劉備重新占據徐州後，曹操命劉岱、王忠前去攻打。張飛迎戰劉岱，劉岱不敢出戰；張飛聲稱要去劫寨，故意走漏消息，等劉岱設下埋伏等待時，卻來個反包抄，一舉生擒劉岱（第二十二回）。

當陽長坂之役，手下僅有二十餘騎的張飛為了阻擋曹軍，為兵敗勢危的劉備贏得喘息之機，先是靈機一動，心生一計：「教所從二十餘騎，都砍下樹枝，拴在馬尾上，在樹林內往來馳騁，沖起塵土，以為疑兵。」他本人則獨據長坂橋，故布疑陣。等大隊曹軍趕來，他倒豎虎鬚，圓睜環眼，緊握蛇矛，穩穩地立馬於長坂橋頭，既不前衝，也不後退，有意在精神上威懾敵軍。經過三次大喝，竟然嚇退了害怕「又中孔明之計」的曹軍（第四十二回）。

曹操奪取漢中後，其大將張郃率兵進攻巴西。鎮守巴西的張飛與之對壘，一次又一次地用計，幾度戰勝張郃，後又智取瓦口關，使曾誇下海口「必擒張飛」的張郃一敗塗地，僅剩十餘人，步行逃回南鄭（第七十回）。

這些生動的情節，或超越史書記載，或出自小說的虛構，既反映了人物性格的發展，更表現了張飛性格的豐富性。

其六，讓張飛的語言帶上較強的市井色彩。

《三國演義》全書用半文半白的語言寫成，庸愚子（蔣大器）在〈三國志通俗演義序〉中稱讚它「文不甚深，言不甚俗」，既不像正史那樣「理微義奧」，「不通乎眾人」，又不像《三國志平話》之類講史那樣「言辭鄙謬，又失之於野」，而是雅俗共賞，「人人得而知之」。這種半文半白的語言風格，與書中人物多是統治階級的上、中層人士有著內在的聯繫。

但在眾多的人物中，唯有張飛的語言帶有較多的白話成分和市井色彩。如他衝進館驛擒拿督郵時那一聲怒吼：「害民賊！認得我麼？」（第二回）關羽斬華雄後，他不顧身分卑微，高聲大叫：「俺哥哥斬了華雄，不就這裡殺入關去，活拿董卓，更待何時！」（第五回）陶謙二讓徐州，劉備再次推辭，張飛勸道：「又不是我強要他的州郡；他好意相讓，何必苦苦推辭！」（第十一回）呂布到徐州投奔劉備，曹操致書劉備，教殺呂布；劉備尚在盤算對策，張飛卻徑直拔出寶劍，對呂布大叫：「曹操道你是無義之人，教我哥哥殺你！」（第十四回）留守徐州時，他宴請眾官，強迫曹豹喝酒道：「廝殺漢如何不飲酒？我要你吃一盞。」（第十四回）這些話，渾然出自市井人物之口，不僅表現了張飛粗豪的性格，而且使普通民眾感到親切。

更有趣的是第十六回寫張飛搶了呂布部將買的三百匹好馬，呂布怒而率兵攻打小沛，二人有這樣幾句對話：

張飛挺槍出馬曰：「是我奪了你好馬！你今待怎麼？」布罵曰：「環眼賊！你累次渺視我！」飛曰：「我奪你馬你便惱，你奪我哥哥的徐州便不說了！」

張飛的兩句話，均為通俗的口語，直率天真，較好地表現了人物的性格。讀者看了，不禁會發出會心的微笑。

總之，儘管《三國演義》中的張飛性如烈火，脾氣暴躁，不止一次因好酒而誤事，最後竟因此而被害；但總的說來，他粗獷的氣質、豪爽的舉止、通俗而痛快的語言都比較適合廣大民眾的審美心理，因而深受讀者喜愛。

---

❶《三國志・魏書・張郃傳》注引《魏略》：「（夏侯）淵雖為都督，劉備憚郃而易淵。及殺淵，備曰：『當得其魁，用此何為邪！』」

6. 性格最完美的武將——趙雲

在《三國演義》的億萬讀者心目中，最令人喜愛的人物，除了諸葛亮之外，恐怕就要算趙雲了。

十分有趣的是，日本的廣大《三國演義》愛好者在評選「你最喜愛的三國人物」時，也把趙雲排在第二位。

我在〈論魏延〉❶一文中指出：「作為歷史人物……論才幹，論對蜀漢政權的貢獻，魏延都比趙雲高出一籌。」然而，作為小說中的藝術形象，趙雲留給讀者的印象不僅大大超過魏延，而且似乎比關羽、張飛還好一些。這是為什麼？

◆歷史上的趙雲

歷史上的趙雲，初屬公孫瓚，後歸劉備，「為先主主騎」（衛隊長），逐步成為蜀漢集團的重要將領之一。平心而論，在那個天下大亂，群雄並起的時代裡，豪傑競逐，猛將如雲，趙雲並不算其中最傑出的人物。謂予不信，有史為證——

論武勇，趙雲不及呂布、關羽、張飛、馬超、黃忠等人。呂布「便弓馬，膂力過人，號為飛將」❷。關羽、張飛都號稱「萬人之敵」，被目為「虎臣」❸。馬超被諸葛亮稱為「雄烈過人，一世之傑」❹。黃忠「常先登陷陳（陣）」，勇毅冠三軍」❺。趙雲呢？其勇敢是毫無疑問的。在劉備與曹操爭奪漢中之役中，他從容拒敵，以少勝多，被劉備稱讚為「一身都是膽」，並從此號為虎威將軍❻。這與張遼在合肥大敗孫權，使孫權「人馬皆披靡，無敢當者」❼，甘寧以百騎劫魏營，使曹軍「驚駭鼓噪」❽可相媲美；但綜觀其武藝和威名，在當時仍比前述諸人略遜一籌。

論功業，趙雲也不如關羽、張飛、馬超、黃忠、魏延等人。關羽在劉備創業的過程中，每每擔任方面重任，功績赫赫，可謂劉備的得力助手。張飛功業亞於關羽，亦為劉備股肱。赤壁大戰後，「以飛為宜都太守、征虜將軍」，獨當一面；劉備奪取益州後，又「以飛領巴西太守」，為劉備鞏固對益州的統治作出了重要的貢獻。馬超雖然遲至建安十九年（二一四）方歸順劉備，但他的剽悍善戰早已聞名遐邇，所以他一到劉備軍中，就使被劉備圍在成都的劉璋失去鬥志，開城出降，從而為劉備立了一大功。黃忠於建安二十四年（二一九）親斬曹軍名將夏侯淵，為劉備奪取漢中立下了汗馬功勞。魏延從建安二十四年起鎮守漢中，挑起了屏障益州，經營北伐前進基地的重任；劉備去世後，他更以蜀漢第一員大將的身份，南征北伐，出生入死，建立了累累功勳。趙雲呢？長期跟隨在劉備、諸葛亮身邊，很少獨當一面，功業自然就不那麼顯赫了。

正因為這樣，在蜀漢集團中，趙雲的地位不僅不如關羽、張飛，而且不如馬超、黃忠、魏延。建安二十四年，劉備稱漢中王，拜關羽為前將軍，假節鉞（早已被封為漢壽亭侯）；拜張飛為右將軍，假節（先已被封為新亭侯）；拜馬超為左將軍，假節（先已被封為都亭侯）；拜黃忠為後將軍，賜爵關內侯；提拔魏延為督漢中鎮遠將軍，領漢中太守。這時，趙雲僅為翊軍將軍。章武元年（二二一），劉備稱帝，除關羽、黃忠已卒外，張飛遷車騎將軍，領司隸校尉，進封西鄉侯；馬超遷驃騎將軍，領涼州牧，進封斄鄉侯；魏延也進拜鎮北將軍。這時，趙雲的官爵卻未升遷。建興五年（二二七），諸葛亮駐漢中，準備大舉北伐。這時，關、張、馬、黃均已物故；魏延以鎮北將軍、都亭侯的身份，擔任督前部，領丞相司馬、涼州刺史；而趙雲則以鎮東將軍、永昌亭侯的身份，跟在諸葛亮身邊，地位仍然不及魏延重要。這種情況，一直持續到趙雲去世。

◆趙雲的優秀品格

然而，歷史上的趙雲絕非平庸之輩，他有著一些不同凡響的優秀品格：

其一，深明大義。在那個動亂擾攘的年代裡，一個人的文韜武略為誰所用，乃是其品格高下的試金石。當其時也，為一己富貴而趨炎附勢、助紂為虐者不乏其人，懵懵懂懂地供人驅使者更比比皆是。趙雲的選擇如何呢？據《趙雲別傳》記載，當趙雲初從公孫瓚時——

> 時袁紹稱冀州牧，瓚深憂州人之從紹也，善雲來附，嘲雲曰：「聞貴州人皆願袁氏，君何獨回心，迷而能反乎？」雲答曰：「天下洶洶，未知孰是，民有倒縣（懸）之厄，鄙州論議，從仁政所在，不為忽袁公私明將軍也。」

這一段話，可以看作趙雲的政治宣言。他的原則——「從仁政所在」；他的目標——解民於倒懸。在封建社會中，這應該說是難能可貴的人生理想。他先投公孫瓚是為此，後歸劉備也是為此，而不是單純出於私人感情。正是這一點，使趙雲大大高出一般的赳赳武夫。

其二，忠直敢諫。《趙雲別傳》中有這樣一段記載：

益州既定，時議欲以成都中屋舍及城外園地桑田分賜諸將。雲駁之曰：「霍去病以匈奴未滅，無用家為，今國賊非但匈奴，未可求安也。須天下都定，各返桑梓，歸耕本土，乃其宜耳。益州人民，初罹兵革，田宅皆可歸還，令安居復業，然後可役調，得其歡心。」先主即從之。

這件事告訴我們，趙雲的頭腦比同時的許多人清醒，他不僅能從劉備集團的長遠利益考慮問題，而且注意爭取民心。無怪乎劉備馬上採納了他的建議。

當劉備要去討伐東吳，以報襲荊州、殺關羽之仇時，趙雲又挺身而出，竭力勸阻，指出：「國賊是曹操，非孫權也……不應置魏，先與吳戰。」由於劉備拒絕了趙雲、秦宓等人的諍言，一意孤行，終於遭到夷陵之敗，使蜀漢元氣大傷。這從反面證明了趙雲意見的正確。

綜觀蜀漢集團的歷史，在眾多武將中，其他人都不曾像趙雲那樣，從根本大計上直言規諫劉備，這又是趙雲識見過人之處。

其三，公正無私。趙雲追隨劉備多年，總是克己奉公，不徇私情。赤壁之戰前，劉備曾於博望坡打敗曹操大將夏侯惇。在戰鬥中，趙雲俘虜了夏侯惇部將夏侯蘭。他與夏侯蘭本是同鄉，「少小相知」。在這種情況下——

> 雲白先主活之，薦蘭明於法律，以為軍正。雲不用自近……（《三國志・蜀書・趙雲傳》注引《趙雲別傳》）

不是私自賣放，而是報告劉備；不是為個人增添幫手，而是為劉備推薦人才；公事公辦，實堪稱讚！趙雲的這一優秀品質早為劉備所賞識，所以劉備曾任他為留營司馬，「掌內事」；而他一直兢兢業業，秉公理事。相比之下，好惡由己，褒貶任情的楊儀之流就差得太遠了。

其四，謙虛謹慎。趙雲在蜀漢集團中，資格僅次於關羽、張飛，又有兩次救護劉禪之功；但他從不居功自傲，從不爭名奪利，對後來居上者也能友好相處。這一點，又是「剛而自矜」的關羽、「性矜高」的魏延等人所不及的。建興六年（二二八），諸葛亮一出祁山，遭到街亭之敗，趙雲與鄧芝率領的疑兵也在箕谷失利。在撤退時，由於趙雲親自斷後，部伍不亂，「軍資什物，略無所棄」。諸葛亮對此十分讚賞，要賞賜趙雲所部將士。這時趙雲毫無沾沾自喜之態，而是誠懇地說：「軍事無利，何為有賜？其物請悉入赤岸府庫，須十月為冬賜。」透過這番真摯感人的話語，其律己之嚴格，胸襟之開闊，均可洞然如見。那些淺薄自負、自吹自擂之徒，豈能望其項背！

綜上所述，歷史上的趙雲，雖然在功業上不能冠冕眾人，卻具有人所不及的美德。這一切，為塑造趙雲這個藝術形象提供了堅實的歷史生活依據。

傑出的歷史小說大師羅貫中，在精心結撰《三國演義》時，將深刻的現實主義精神與濃郁的浪漫主義情調相結合，筆酣墨飽地塑造了一個光彩照人的趙雲形象。

◆濃墨重彩型塑趙雲形象

首先，超越史書記載，竭力樹立起趙雲勇冠三軍的虎將形象。

前面說過，歷史上的趙雲的武藝和威名並不是最突出的。對於廝殺疆場的武將來說，這畢竟是美中不足之處。羅貫中為了把自己心目中的這個英雄人物塑造得更為高大，極大地發揮了藝術想像力，使《演義》中的趙雲的武勇得到充分的渲染。

《演義》中的趙雲首次出場，就先聲奪人，不同凡響：當公孫瓚在磐河被袁紹大將文醜戰敗後，「文醜直趕公孫瓚出陣後，瓚望山谷而逃……瓚弓箭盡落，頭盔墜地，披髮縱馬，奔轉山坡，其馬前失，瓚翻身落於坡下。文醜急捻槍來刺。」在這萬分危急之時，「忽見草坡左側轉出一個少年將軍，飛馬挺槍，直取文醜……與文醜大戰五六十合，勝負未分。瓚部下救軍到，文醜撥馬回去了。那少年也不追趕。」這時，死裡逃生的公孫瓚才定下神來打量自己的救命恩人，只見他「身長八尺，濃眉大眼，闊面重頤，威風凜凜。」（第七回）趙雲的這個「亮相」，一下子就表現出一個蓋世英雄的神勇和氣勢，給讀者留下了深刻的印象。

真正使趙雲名揚天下的乃是驚心動魄的長坂坡之戰，其實，這主要出自羅貫中的生花妙筆。《三國志・蜀書・趙雲傳》云：

> 及先主為曹公所追于當陽長坂，棄妻子南走，雲身抱弱子，即後主也，保護甘夫人，即後主母也，皆得免難。

寥寥數語，平淡無奇。根據這一記載，趙雲在抱著劉禪、保著甘夫人的情況下，只能匆匆撤退，根本不可能在敵軍陣中橫衝直撞。然而，羅貫中卻通過虛構、生發和渲染，編織出一連串緊張曲折的情節：先是讓趙雲兩次衝進曹軍陣中，先救出甘夫人和糜竺，再找到糜夫人，接過阿斗（歷史上的糜夫人在曹操南下荊州之前已經去世，自然不可能逃難到長坂坡，更不可能將阿斗帶在身邊），為趙雲創造了一個匹馬單槍，懷抱幼主的特殊條件。然後，以酣暢淋漓的筆墨描寫趙雲在曹軍中往來衝突，所向披靡，「砍倒大旗兩面，奪槊三條，前後槍刺劍砍，殺死曹營名將五十餘員。」（第四十一回）好一場捨生忘死的廝殺呵！寫到這裡，羅貫中情不自禁地以「後人」之詩讚美道：

> 血染征袍透甲紅，當陽誰敢與爭鋒！

古來衝陣扶危主，只有常山趙子龍。

是的，這一番驚天動地的拚殺，使趙雲的形象猶如一尊大理石雕像，巍然屹立在千百萬讀者心中；使「常山趙子龍」從此成了勇敢堅貞的化身，英武超群的代名詞，不僅在當時威震天下，而且在後世名垂千古！

羅貫中即使在大膽虛構的時候，也是有分寸，有全局觀念的，他從來不盲目地揚此抑彼，從來不說趙雲的武藝超過了呂布、關羽、張飛、馬超等人。但是，羅貫中又是具有鮮明傾向性的，他巧妙地採用多種藝術手法，使趙雲的武藝和勇敢得到了比別人更充分的表現，因而產生了更突出的藝術效果。

一是對比。當呂布被曹軍圍困在下邳城的時候，為了向袁術求救，呂布不得不將許配給袁術之子的女兒送去。他「將女以綿纏身，用甲包裹……負女於背上」，企圖突圍。但在對方的堵截下，「呂布雖勇，終是縛一女在身上，只恐有傷，不敢衝突重圍。」結果「只得仍退入城」（第十九回）。再看趙雲的「解開勒甲絛，放下掩心鏡，將阿斗抱護在懷」，拚命衝殺，何者勇敢，何者怯懦，對比多麼鮮明！

二是烘托。《演義》一再通過敵、我、友三方的反應，來側面描寫趙雲的英勇無敵。對曹軍來說，趙雲的名字具有很大的威懾力量。在漢水之戰中，黃忠被曹軍團團包圍，趙雲前去接應。他接連刺死曹將慕容烈、焦炳，「殺入重圍，左衝右突，如入無人之境」。曹軍勇將張郃、徐晃也「心驚膽戰，不敢迎敵」。當曹操得知後，驚呼：「昔日當陽長坂英雄尚在！」「急傳令曰：『所到之處，不許輕敵。』」（第七十一回）在東吳方面，趙雲的威名也是婦孺皆知。當諸葛亮借得東風，由趙雲接回夏口之時，周瑜派徐盛、丁奉分水、陸兩路追趕。趙雲一箭射斷徐盛船上的拽篷索，「岸上丁奉喚徐盛船近岸，言曰：『……趙雲有萬夫不當之勇，汝知他當陽長坂時否？吾等只索回報便了。』」（第四十九回）在劉備甘露寺相親時，吳國太聽說立於劉備身邊的是趙雲，便問：「莫非當陽長坂抱阿斗者乎？」並盛讚：「真將軍也！」（第五十四回）而在劉備集團中，趙雲更是受人欽佩。以勇武聞名的馬超初降劉備時，適逢劉璋部將劉晙、馬漢來攻，趙雲引軍迎敵，「玄德在城上管待馬超吃酒，未曾安席，子龍已斬二人之頭，獻於筵前。馬超亦驚，倍加敬重。」（第六十五回）這些側面之筆，以少勝多，收到了很好的藝術效果。

其次，羅貫中使用大量筆墨，從多方面表現了趙雲的美德。

歷史上的趙雲的優秀品格，在《演義》中大都得到了藝術的再現。例如：用他勸阻劉備將成都有名田宅分賜諸官（第六十五回），反對劉備為報私仇而伐東吳（第八十一回），來表現他的忠直敢諫；以他將劉備集團的開基創業放在首位，不貪美色，拒娶桂陽太守趙範之嫂（第五十二回），來表現他的克己奉公；用他不與黃忠爭功（第七十一回），打了勝仗從不誇功自傲，來表現他的謙虛謹慎，等等，都是於史有據，羅貫中略加點染鋪敘的。

這裡要強調一點：羅貫中在表現趙雲的美德時，特別突出了他的機警和精細。本來歷史上的趙雲在這方面未見突出，羅貫中卻又一次發揮了他的藝術創造才能，把這一點表現得鮮明而生動，使趙雲的形象在劉備集團中更加別具風采。

當蔡瑁邀請劉備到襄陽赴會，企圖借機加害時，趙雲帶領三百人馬隨劉備而行。到了襄陽，「雲披甲挂劍，行坐不離」。次日宴會，趙雲仍是「帶劍立于玄德之側」，只是由於劉備下令，才勉強到外廳就席（第三十四回）。飲了一會酒，他放心不下，入內觀看，發覺劉備已經逃席，他便馬上率三百軍出城尋找。找來找去，不見劉備蹤影，「再欲入城，又恐有埋伏，遂急引軍歸新野。」回到新野仍不見劉備，他又連夜到處尋找，直到找到劉備才算放心（第三十五回）。事情的全過程都可以看出他的機警和精細。

正因為如此，劉備和諸葛亮對於趙雲辦事都特別放心。諸葛亮出使東吳，指名要趙雲按約定日期去接他；劉備到江東娶親，諸葛亮明言：「吾定了三條計，非子龍而不可行也」；周瑜死後，諸葛亮到柴桑弔喪，又是由趙雲保護……趙雲從來不像關羽那樣傲慢托大，也不像張飛那樣魯莽粗心，總是膽大心細，兢兢業業，一次又一次地圓滿完成任務。這一特點同他的英武蓋世、忠直謙虛等美德相結合，使趙雲成為《演義》的武將形象系列中性格最完美的人物。

再次，羅貫中精思妙裁，將趙雲的亮點一直保持到最後。

歷史上的趙雲的最後一段重要經歷是在建興六年（二二八）隨諸葛亮首次北伐。諸葛亮「揚聲由斜谷道，曹真遣大眾當之。亮令（趙）雲與鄧芝往拒，而身攻祁山。雲、芝兵弱敵強，失利于箕谷，然斂眾固守，不致大敗。兵退，貶為鎮軍將軍。」❾對此，羅貫中在很大程度上作了浪漫主義的改造。

一是虛構年已七十（按：應為六十左右）的趙雲在諸葛亮出兵前自告奮勇充當先鋒，在鳳鳴山連殺魏國西涼大將韓德的四個兒子，嚇得韓德「肝膽皆裂」；「西涼兵素知子龍之名，又見英雄尚在，誰敢交鋒？……大敗而走」。第二天再次與魏軍交鋒，不到三個回合又刺死了「有萬夫不當之勇」的韓德（第九十二回）。這一場廝殺，使讀者深深感到趙雲寶刀未老，雄風猶在。

二是虛構趙雲刺死了曹真手下的副先鋒朱贊，再一次立下戰功（第九十四回）。

三是略而不提趙雲「失利于箕谷」的事實。

四是繪聲繪色地描寫了趙雲和鄧芝從容撤軍的經過：趙雲讓鄧芝打起自己的旗號先撤，自己在後掩護，這種虛虛實實的佈置使畏懼趙雲的魏軍不敢放手追趕。趙雲卻時而衝到魏軍面前，刺死其先鋒蘇顒；時而又出現在魏軍背後，一聲大喝，「驚得魏兵落馬者百餘人」。於是趙雲安全退到漢中，沿途毫無損失。這樣描寫的結果，使這次退卻在讀者心理上似乎成了一次勝利（第九十五回）。

五是描寫趙雲謝絕諸葛亮的賞賜，使得「孔明歎曰：『先帝在日，常稱子龍之德。今果如此，言不謬也。』乃倍加欽敬」（第九十六回）。

這一系列生動的描寫，使趙雲在最後一次出征中保持了「常勝將軍」的威名，並使他的美德在晚年發出新的光彩。正是在這種慷慨雄壯的藝術氛圍中，羅貫中完成了對趙雲形象的塑造。

◆趙雲受人喜愛的原因

為什麼廣大讀者對趙雲的印象比對關羽、張飛的印象更好一些呢？

首先，這是因為《演義》中的趙雲是一個真實性與獨創性融為一體的鮮明的藝術形象。羅貫中筆下的趙雲，是一個具有非凡本領的、帶有傳奇色彩的人物形象，同時又是一個符合藝術真實要求的人物形象。這不僅由於《演義》中與趙雲有關的情節大都於史有據，使藝術形象的趙雲處處帶有歷史人物趙雲的影子；也不僅由於羅貫中生動地再現了從黃巾起義到三國鼎立那個干戈擾攘，生靈塗炭，九州板蕩的歷史時期，將趙雲的種種英雄業績置於特定的時代氛圍之中，使趙雲形象具有濃郁的時代氣息；而且由於羅貫中在描寫中相當注意細節的真實。即以前面提到的血戰長坂坡而言，在這個以虛構為主的重要情節裡，羅貫中盡情渲染了趙雲的非凡武藝和膽略，但沒有忘記為趙雲設置可信的環境和條件：一是讓趙雲單槍匹馬，沒有其他累贅礙手礙腳；二是趙雲在衝殺過程中，除與張郃戰了十餘合便奪路而走之外，其他對手均為曹軍中平平之輩，沒有構成對趙雲的真正威脅；三是曹操為了收伏趙雲，下令「不要放冷箭，要捉活的」。這就使趙雲有可能突出重圍。因此，儘管讀者感到趙雲的勇武是難以企及的，但在心理上卻相信它是真實的。

另一方面，羅貫中筆下的趙雲，又是一個具有獨創性的人物形象。在《三國演義》問世以前，小說史上還不曾出現過趙雲這樣的英雄形象；這個形象之成功塑造，主要是羅貫中的功勞。在《演義》寫到的數百名武將中，給人留下鮮明印象的名將有數十人，但像趙雲那樣膽識兼備，智勇雙全，機警精細，謙虛謹慎的形象卻只有一個，人們決不會感到他與其他名將有什麼雷同之處。在《演義》的巨大成就影響下，歷史小說創作如同雨後春筍，蔚為大觀。在這些作品中，英武超群，智勇雙全的常勝將軍不乏其人，其中也有塑造得比較成功的；但是，他們都不可能與趙雲的形象混同起來，更不可能取代趙雲的形象。這種縱向和橫向的比較證明，在中國古典小說人物形象的畫廊中，趙雲確實是一個獨特的形象。黑格爾曾經指出：「最傑出的藝術本領就是想像。……想像是創造性的。」羅貫中在塑造趙雲這個形象時，再一次表現出巨大的創造能力。

不過，真實性與獨創性的結合，只能說明趙雲形象為什麼具有較高的審美價值，因而產生較強的藝術魅力，還不能說明為什麼讀者喜愛趙雲甚於喜愛關羽、張飛。在這裡，更重要的原因乃是讀者審美觀念的變化。

應當指出，從《三國演義》問世到清末的五百餘年中，讀者對趙雲的印象並不超過對關、張的印象。因為羅貫中從「歌頌忠義」的道德標準出發，主觀上想把關、張（特別是關羽）的形象塑造得更為高大完美；明、清兩代的大多數讀者囿於傳統的「忠義」觀念，其審美標準與羅貫中大體一致。如明代趙璞〈次何州判韻〉詩寫道：

> 神器將為詐力移，英雄奮起共維持。
> 許身劉氏堅惟一，報效曹公示不欺。
> 敵破襄樊肝膽落，名垂竹帛壯心知。
> 古來不沒稱忠義，弔客常過薦酒卮。

明代侯居震〈謁解廟次宋侍御韻〉詩尾聯也寫道：

> 試看當年同事者，惟君生氣滿中原。

清代毛宗崗《讀三國志法》則云：「歷稽載籍，名將如雲，而絕倫超群者莫如雲長。……是古今來名將中第一奇人。」由此可見，那時的人們是把關羽看得比趙雲更高的。

到了現代，社會的經濟基礎和政治制度發生了翻天覆地的變化，人們的思想意識也產生了巨大的改變。在這種新的歷史條件下，人們的審美觀念除了在某些方面保持其穩定性以外，又會在某些方面產生明顯的變異性。因此，今天的廣大讀者雖然也愛讀《三國演義》，但他們對書中許多人物和事件的評價卻與羅貫中的主觀意圖頗有出入，有的甚至截然相反。拿對關羽的印象來說，今天的讀者早就沒有封建時代的小民對他的那種敬畏和崇拜了。相反，人們很不喜歡他的驕傲自大，目中無人，動輒就把「過五關斬六將」掛在嘴邊；對他不顧大局，竟擅自提出要入蜀與馬超比武，聲稱不與黃忠同列，無禮拒絕孫權聯姻的要求，等等，人們也很不以為然。一句話，在今天的讀者心目中，關羽的形象已經大大降低了。

相比之下，趙雲的英勇善戰和一系列美德，則更容易得到今天的讀者的理解和欣賞，並能被人們批判地吸收。這樣一來，今天的讀者喜歡趙雲甚於喜歡關羽，也就毫不奇怪了。

當然，按照藝術典型的標準來看，《演義》中的趙雲還不是充分個性化的，不及關羽形象那樣豐富和深刻。但是，廣大的一般讀者卻不管這些，仍然把趙雲列為僅次於諸葛亮的最受喜愛的人物。——藝術的法則就是這樣奇妙！

❶原載《青海社會科學》一九八五年第五期，收入拙著《三國演義新探》（四川人民出版社二〇〇二年五月版）。

❷《三國志・魏書・呂布傳》。

❸《三國志・蜀書・關羽傳張飛傳》。

❹《三國志・蜀書・關羽傳》。

❺《三國志・蜀書・黄忠傳》。

❻《三國志・蜀書・趙雲傳》注引《趙雲別傳》。

❼《三國志・魏書・張遼傳》。

❽《三國志・吳書・甘寧傳》。

❾《三國志・蜀書・趙雲傳》注引《趙雲別傳》。

7. 絢麗多彩的人物畫廊

除了上面這幾個主要人物之外，《三國演義》中還有許多性格鮮明、家喻戶曉的人物。

◆庸主的典型——阿斗

《三國演義》中的蜀漢後主劉禪（乳名阿斗），在位四十一年（二二三～二六三），先有千古名相諸葛亮主持大局，後有蔣琬、費禕、董允、姜維等文武賢臣盡心輔佐，但他卻一直渾渾噩噩，得過且過；後來竟讓宦官黃皓專權，朝政日益腐敗，終於將大好河山拱手讓人。與他那位弘毅堅韌、百折不撓的梟雄父親相比，這位亡國之君實在讓人看不起，「扶不起的阿斗」便是千百年來人們對他的一句定評。

不過，人們在抨擊、嘲笑劉禪的時候，往往出自對諸葛亮的追思、對蜀漢的悲悼，情緒宣洩多於理智評判。如果對具體的歷史作一番深入細緻的分析，也許會對劉禪的性格和命運有更加全面的認識。

誠然，劉禪非常「笨」，但並非一無是處。衡量一國之君的好壞，不是看其個人才幹如何，而主要應看兩條：其一，國家是否安定，政治是否清平；其二，君臣關係是否正常。梁武帝博學多通，才華出眾，但賦斂苛重，忠奸不分，晚年佞佛，一手造成侯景之亂，黎民塗炭，自己也被餓死，實在難逃昏君之責；隋煬帝天資聰穎，文武兼備，但窮奢極侈，橫徵暴斂，濫殺大臣，導致天下大亂，更是不折不扣的暴君。劉禪作為一國之君，最大的毛病是「平庸」，無所作為；最大的優點則是「安於君位」，沒幹什麼突出的壞事。與歷史上形形色色的昏君、暴君相比，他的表現還不算太差，堪稱「庸主」的典型。

就內政而言，曹魏後期，自司馬懿於正始十年（二四九）正月發動政變，誅滅曹爽集團，獨攬大權以後，屢次發生反對司馬氏的激烈鬥爭：嘉平三年（二五一），太尉王淩謀立楚王曹彪，以抑制司馬懿；司馬懿討王淩，王淩自殺，曹彪被「賜死」。嘉平六年（二五四），中書令李豐與皇后父張緝謀誅司馬師，以太常夏侯玄代之，事洩被殺；不久，司馬師廢少帝曹芳為齊王，立高貴鄉公曹髦為帝。正元二年（二五五），鎮東將軍毌丘儉、揚州刺史文欽起兵討司馬師；司馬師率兵攻之，毌丘儉兵敗被殺，文欽奔吳。甘露二年（二五七），征東大將軍諸葛誕據壽春反司馬昭，稱臣於吳；司馬昭挾持魏主曹髦及太后，率大軍往攻，直至次年二月才攻破壽春，諸葛誕被殺。甘露五年（二六〇），魏主曹髦親率殿中宿衛僮僕討司馬昭；司馬昭命親信賈充率兵迎戰，殺害曹髦，另立常道鄉公曹奐為帝：十餘年間，真是內亂不已。孫吳後期，政治也很混亂。特別是末帝孫皓在位的十六年間，驕奢淫逸，窮凶極惡，濫用民力，大興土木；全國人口不過二百幾十萬，而他的後宮竟達五千餘人！致使吳國迅速衰落，將士離心，百姓貧困，怨聲載道；西晉大舉伐吳之前，國內已有多處起義和兵變。相比之下，劉禪在位四十一年，雖然後期內政日漸走下坡路，但政局基本上保持了長期平穩。

就君臣關係而言，曹魏後期，司馬氏靠政變上台，又以陰謀詭計和殘暴手段壟斷權力，其與曹魏皇室之間，全無信義可言：架空少主，威逼太后，兩度廢立，甚至悍然殺害皇帝，血濺宮廷；而被害的魏主曹髦則留下一句千古名言：「司馬昭之心，路人所知也。」❶吳國末帝孫皓在位期間，對大臣視若僕隸，任意殘害：丞相濮陽興、左將軍張布定策迎立他為帝，僅僅四個月後，他就殺了二人，可謂恩將仇報；右丞相萬彧在他為烏程侯時即與之交好，最早建言迎他為帝，卻因進諫被責而自殺❷；中書令賀邵屢次進諫，引起他不滿，賀邵中風，口不能言，被他懷疑裝病，拷打得體無完膚，終被殺害；侍中韋昭有良史之才，因撰寫《吳書》時堅持據實而書，竟被下獄，亦遭殺害❸……他殺人還常常花樣翻新：或鋸人之頭，或剝人之面，或鑿人之眼。如此獸行，自然使君臣關係極其緊張。相比之下，劉禪在位期間，與大臣的關係顯然要好得多。

歷史上劉禪的在位期間可以大致劃分為三個時期：前期，即諸葛亮輔政時期（二二三～二三四）；中期，即蔣琬、費禕執政時期（二三四～二五三）；後期，即黃皓由干政到專權時期（二五三～二六三）。在這三個時期中，劉禪基本上能守君道，優禮大臣；即使後期昏庸日甚，也幾乎未見殘害大臣之事。

在諸葛亮輔政時期，劉禪嚴格遵循父親「汝與丞相從事，事之如父」的遺訓，對諸葛亮極為敬重，充分信任，「政事無巨細，咸決於亮。」諸葛亮治理蜀中，發展經濟，與吳國恢復同盟關係，他總是樂觀其成，從不干預；諸葛亮親自南征，幾度北伐，他總是予以支持，從不掣肘（《三國演義》第一百回寫諸葛亮氣死曹真，打敗司馬懿，後主卻聽信流言，下詔宣諸葛亮班師回朝，純屬虛構）。如此放手讓輔政大臣行使職權，不疑心，不搗亂，在封建時代並不多見。當諸葛亮在五丈原病重時，劉禪派尚書僕射李福前去探望，並諮詢國家大計；諸葛亮推薦蔣琬、費禕為接班人，他又虛心採納，先後任命蔣琬、費禕為執政大臣。不僅如此，諸葛亮逝世後，他仍追思不已，九年之後，又招諸葛亮之子諸葛瞻為駙馬。至景耀六年（二六三）春，還下詔「為（諸葛）亮立廟于沔陽（今陝西勉縣定軍山前）。」❹這證明他確是真心誠意地崇敬諸葛亮。裴松之在〈諸葛亮傳〉注引

《袁子》云：「及其受六尺之孤，攝一國之政，事凡庸之君，專權而不失禮，行君事而國人不疑，如此即以為君臣百姓之心欣戴之矣。」從諸葛亮的角度來看，能夠如此，堪稱千秋楷模；而從劉禪的角度來看，能讓諸葛亮「行君事而國人不疑」，也很值得讚許。

蔣琬總統國事時，劉禪當皇帝已有十二年，早就可以自己作主了；但他並不獨斷專行，對蔣琬、費禕這兩位執政大臣仍然十分尊重。蔣琬從延熙元年（二三八）出屯漢中，到延熙九年（二四六）卒於涪城（今四川綿陽），在外達八年之久；費禕從延熙八年（二四五）起，兩度出屯漢中，後又駐紮漢壽（原名葭萌，今四川廣元市昭化鎮），直至延熙十六年（二五三）被刺，在外時間也長達六年（其間有兩年多在成都）。然而，「自琬及禕，雖自身在外，慶賞刑威，皆遙先咨斷，然後乃行，其推任如此。」❺在此期間，協助蔣琬、費禕執政的董允忠直敢言，對劉禪的一些不合理要求敢於勸阻；劉禪雖然不太高興，對他卻頗有幾分敬畏。如果換一個皇帝，很可能會蠻橫拒諫，而董允則可能早就被罷官，甚至下獄或被殺了。

蜀漢的最後十年，宦官黃皓由干預政事發展到專權亂國，這是劉禪的一大過失。不過，這一時期，還不全是奸臣當道，劉禪也用了一些忠臣、賢臣。此時蜀漢的最高官員是大將軍姜維，他連年北伐，劉禪都沒有猜忌阻攔，沒有派人去監視，更沒有因其幾次兵敗而將他撤職囚禁乃至殺頭。姜維率兵在外，朝中實際執政大臣先後為陳祗、董厥、樊建、諸葛瞻等；除陳祗與黃皓內外勾結，助其干預政事之外，其餘幾人均可稱忠臣。然而，他們對劉禪的過失卻很少諫阻，對黃皓也未加抑制或懲戒。所以，對黃皓的專權亂國，他們也不能完全辭其咎。諸葛瞻之子諸葛尚在綿竹戰死前就曾長歎道：「父子荷國重恩，不早斬黃皓，以致傾敗，用生何為！」❻

說到蜀漢的滅亡，首先是因其疆域最小，國力最弱，長期與魏對峙，民力已消耗殆盡；其次是因後期朝政腐敗，加速了國勢的衰落。對此，劉禪當然要負主要責任；但姜維、董厥、樊建、諸葛瞻等人缺乏遠見卓識，軍事、政治舉措多有不當，也並非毫無干係。——儘管他們忠於蜀漢，卻無法挽回亡國的命運。

總之，作為亡國之君，劉禪被抨擊、被嘲笑是應該的；但他還不同於漢桓帝、漢靈帝之類的昏君，更不是隋煬帝、梁太祖（朱溫）之類的暴君，而是一個既無雄心又無能力，無法承擔守成重任的庸主。

《三國演義》對劉禪很少正面著筆，僅僅通過虛構的「安居平五路」、「聽信流言召回諸葛亮」、「聽信讒言召回姜維」等情節，以及「對姜維請誅黃皓不以為然」、「倉皇出降」、「樂不思蜀」等來自史實的情節，便把這位庸主的形象寫得活靈活現，給讀者留下了相當深刻的印象。

◆死於非命的蜀漢大將——魏延

在《三國演義》中，魏延是一個有勇有謀、戰功卓著的大將，卻死於非命，因而許多讀者為之鳴不平。

首先，魏延是在劉備勢孤力薄，惶惶奔走的危難之際決心加入劉備集團的，決非那種趨炎附勢，貪圖利祿之輩。

魏延在小說第四十一回第一次露面，就表現得不同凡響。當時，劉備在曹操大軍追迫之下，帶領大批百姓，撤離樊城，來到襄陽城下，打算與劉琮合力抵禦曹操。「蔡瑁、張允徑來敵樓上，叱軍士亂箭射下。城外百姓，皆望敵樓而哭。城中忽有一將，引數百人徑上城樓，大喝：『蔡瑁、張允賣國之賊！劉使君乃仁德之人，今為救民而來投，何得相拒！』」這個路見不平，拔刀相助的將領就是魏延。他「輪刀砍死守門將士，開了城門，放下吊橋，大叫：『劉皇叔快領兵入城，共殺賣國之賊！』」由於劉備不願乘機入城，轉走江陵，魏延寡不敵眾，只得逃離襄陽，投奔長沙去了。事雖不成，卻表現了他的愛憎分明，見義勇為。赤壁之戰以後，關羽進攻長沙，與黃忠交戰，長沙太守韓玄因黃忠不肯射死關羽而下令將他斬首。在這千鈞一髮之際，又是魏延挺身而出，「揮刀殺入，砍死刀手，救起黃忠，大叫曰：『黃漢升乃長沙之保障！今殺漢升，是殺長沙百姓也！韓玄殘暴不仁，輕賢慢士，當眾共殛之！願隨我者便來！』」接著又「直殺上城頭，一刀砍韓玄為兩段，提頭上馬，引百姓出城，投拜雲長。」（第五十三回）這兩次關鍵時刻的「亮相」，一因劉備仁德，二為長沙百姓，都可以說是情詞慷慨，正氣磅礴，因而一呼百應，大得人心。讀者從這裡看到了魏延過人的見識和膽略。

其次，魏延出生入死，英勇善戰，為劉蜀集團立下了汗馬功勞。

劉蜀集團的全部歷史可以分為三個階段：從劉、關、張桃園結義，登上政治舞台開始，到建安十二年（二〇七）劉備三顧茅廬為止，是其草創和奠基階段。在這二十四年中，劉蜀集團雖然初露頭角，但是，沒有明確的戰略方針，沒有可靠的戰略基地，也沒有總攬軍政的帥相之才。因此，劉備雖梟雄而無所展其志，關、張雖驍勇而無所用其長，屢遭挫敗，飄若轉蓬，只得寄人籬下，依附劉表。從建安十三年（二〇八）的赤壁大戰，到建興十二年（二三四）諸葛亮病逝五丈原，是劉蜀集團立國和發展的階段。在這二十七年中，劉蜀集團按照諸葛亮隆中對策提出的戰略方針，奪荊州，占益州，力量大大增強，與魏、吳鼎足而立。雖然荊州得而復失，劉、關、張先後棄世，但由於諸葛亮的卓越努力，國力基本保持穩定，而且對強大的魏國一直保持進攻的態勢。從建興十三年（二三五）蔣琬為大將軍，掌握蜀漢軍政大權，到炎興元年（二六三）後主劉禪投降鄧艾，是劉蜀集團衰落和滅亡的階段。綜觀這三個階段，第二階段顯然是最有聲有色的。而在這一階段中，蜀漢的開國大將關羽、張飛、黃忠、馬超、趙雲，即小說中的「五虎大將」，都先後亡故，只有魏延一直奔走疆場，貫穿其始終。試看關係到蜀漢命運的幾大戰役——奪取益州之役，爭奪漢中之役，南征之役，北伐之役，魏延總是甘冒矢石，奮勇當先。他或者與黃忠為伍，或者與趙雲配合，或者獨任先鋒，總是衝勁十足，壯心不已。他為劉蜀集團南征北伐，東擋西殺近三十年之久，確實勞苦功高。

第三，魏延頗識兵機，智勇兼備，在劉蜀集團出類拔萃。劉備手下的幾員大將，關羽喜讀兵書，頗有謀略；張飛粗中有細，時有妙計；趙雲、黃忠用計不多，馬超則只能算一勇之夫。魏延呢？在他年輕氣盛的時候，也是以衝鋒陷陣、斬將搴旗為能事；隨著戰爭經驗的日漸豐富，他對於戰爭藝術逐步加深了認識，用計獻策的能力也就大大提高了。如第九十三回寫到，諸葛亮罵死王朗之後，命趙雲、魏延當晚去劫魏寨，趙雲不假思索就要執行命令，魏延卻提出：「曹真深明兵法，必料我乘喪劫寨，他豈不提防？」當然，諸葛亮對此早有安排，但魏延的發問，表明他的確不同於一般的糾糾武夫，而是一個有勇有謀的大將了。更為難得的是，魏延不僅能對戰役性、戰術性的行動思謀用計，而且能對關係全局的戰略方針獨抒己見。當諸葛亮出師北伐，魏國派駙馬夏侯楙率領大軍迎敵之時，魏延向諸葛亮提出了一個十分重要的計策：

夏侯楙乃膏粱子弟，懦弱無謀。延願得精兵五千，取路出褒中，循秦嶺以東，當子午谷而投北，不過十日，可到長安。夏侯楙若聞某驟至，必然棄城，望橫門邸閣而走。某卻從東方而來，丞相可大驅士馬，自斜谷而進。如此行之，則咸陽以西，一舉可定也。（第九十二回）

這個建議，知己知彼，大膽精明，確實是一個值得重視的戰略設想。因為在魏蜀的抗衡中，蜀漢國小兵寡，力量單薄，經不起同魏國打消耗戰；而且秦嶺險峻，道路崎嶇，糧食給養難乎為繼。在這種情況下，只有出奇制勝，才有可能把握戰爭的主動權，奪取根本性的勝利。魏延從戰略的角度提出如此重大的決策，這不能不說是他的過人之處。

可惜的是，諸葛亮卻以「此非萬全之計」為理由，否定了魏延的計策，甚至連讓魏延試一試也不幹，而主張走隴右大路，「依法進兵」。這樣，就放過了有利的戰機，使本來手忙腳亂的魏軍贏得了喘息的時間，得以調整部署，而蜀軍則不得不在陝甘的山區地帶與魏軍打陣地戰、消耗戰，勞師數載，無功而返。諸葛亮的主要對手司馬懿事後評道：「諸葛亮平生謹慎，未敢造次行事。若是吾用兵，先從子午谷徑取長安，早得多時矣。」（第九十五回）由此可見，魏延的主張是正確的，至少是很有可能成功的。

正因為魏延有上述這些長處，劉備對他非常器重。劉備進位漢中王以後，「令魏延總督軍馬，守禦東川，遂引百官回成都。」（第七十三回）劉備親率大軍伐吳時，「命丞相諸葛亮保太子守兩川；驃騎將軍馬超並弟馬岱，助鎮北將軍魏延共守漢中，以當魏兵。」（第八十一回）由此可見，劉備一直把魏延當作方面之才來重用，不愧為開國之君，巨眼識人，善用其長。

魏延的才幹、智勇和功勳是無可懷疑的了，那麼，他究竟背叛蜀漢沒有呢？眾所周知，魏延是在諸葛亮去世以後，與丞相長史楊儀發生火併時失敗被殺的。對此，《三國志・蜀書・魏延傳》記載得十分清楚：

（建興十二年）秋，亮病困，密與長史楊儀、司馬費禕、護軍姜維等作身歿之後退軍節度，令延斷後……延曰：「丞相雖亡，吾自見在。府親官屬便可將喪還葬，吾自當率諸軍擊賊，云何以一人死廢天下之事邪？且魏延何人，當為楊儀所部勒，作斷後將乎？」

魏延的意思很明白：第一，諸葛亮雖然去世，但北伐事業不能中斷，應當由他繼續「率諸軍擊賊」。這雖然有自視甚高，對諸葛亮死後的困難估計不足的成分，但與「背叛」二字是風馬牛不相及的。第二，論地位，論威望，都應當由他負責統率全軍，現在卻要他聽從一向與他水火不容的楊儀的號令，他心中實在不服。但這與「背叛」也根本不能畫等號。

如果魏延當時真的要背叛蜀漢，他可以有三種選擇：

其一，率領本部在前線倒戈，投降司馬懿，這是易如反掌的。

其二，屯兵不動，等楊儀率大軍撤退以後，割據漢中，獨樹一幟，觀望形勢，待價而沽，如同當年的張魯一樣。憑著他多年鎮守漢中的威望和實力，這也是不難辦到的。

其三，重施劉備奪取劉璋地盤的故伎，製造藉口，以迅雷不及掩耳之勢殺回成都，篡奪蜀漢政權，然後再來對付楊儀一軍，這也不是完全不可能的。

然而，魏延並沒有選擇其中任何一條路，他僅僅主張由楊儀等人護喪還葬，而由他率軍繼續北伐，不要「以一人死廢天下之事」，其心洞然可見，哪裡是要反叛呢？

當楊儀不理睬魏延的主張，徑自率大軍南撤之時，魏延長期鬱積的對楊儀的不滿爆發了。在盛怒之中，他率兵搶先南歸，與楊儀爭相上表朝廷，互相攻擊對方為叛逆。最後，雙方在南谷口刀兵相見，魏延失敗，被馬岱「追斬之」。所以，陳壽在《三國志·蜀書·魏延傳》中做了一個比較客觀的結論：「原延意不北降魏而南還者，但欲除殺儀等。平日諸將素不同，冀時論必當以代（諸葛）亮。本指如此，不便背叛。」

但是，不管怎麼說，像魏延這樣一個身經百戰，勳勞赫赫的大將，在矢石交飛的戰場上疊經風險而不死，到頭來卻死於「自己人」的刀下，這實在是一場悲劇！

這場悲劇的責任應該由誰承擔？

我認為，主要責任應該由魏延自己承擔。對此，《三國志・蜀書・魏延傳》記載得也十分清楚：

延每隨（諸葛）亮出，輒欲請兵萬人，與亮異道會於潼關，如韓信故事，亮制而不許。延常謂亮為怯，歎恨己才用之不盡。延既善養士卒，勇猛過人，又性矜高，當時皆避下之。唯楊儀不假借延，延以為至忿，有如水火。

看來，魏延是一個剛強威猛，頗有點自高自大的人物，既有勇於任事、不畏艱難的優點，也有桀驁不馴、任性而行的缺點。在蜀漢立國之前和建國之初，上有劉備這個雄主統馭，左右有關羽、張飛、馬超、黃忠、趙雲等大將並立，魏延還不可能目中無人，他的缺點較多地受到控制，而他的優點則較好地得到發揮，在無數次的拚殺鏖戰中建立了累累功勳。隨著劉、關、張、馬、黃、趙等人相繼謝世，諸葛亮獨力支撐蜀漢大局，魏延成了開國元勳中碩果僅存的大將，地位越來越高，資格越來越老。這時，他那剛而自矜、目中無人的毛病就表現得越來越突出了。他以西漢王朝的開國元勳韓信自許，一心要自領一軍，與諸葛亮分道而出，建立吞強魏、復漢業的蓋世奇功；但是，諸葛亮沒有採納他的妙計，對他分兵的要求也總是「制而不許」。這就使他常常感到不那麼得志，對諸葛亮頗有牢騷，甚至認為諸葛亮過於膽小，「歎恨己才用之不盡」。只是由於對諸葛亮心存畏懼，他還不得不有所顧忌。

另一方面，同僚們對他處處讓三分，惟獨楊儀卻偏偏不買他的帳，老是同他爭長論短，這當然要引起他的不快，久而久之，雙方竟「有如水火」。「每至並坐爭論，延或舉刀擬儀，儀泣涕橫集。」❼因此，當諸葛亮病逝，由楊儀統兵撤退，要他斷後時，他再也按捺不住不滿的情緒，竟然失去了理智，忘記了大敵當前，三軍新失統帥，亟需加強團結，穩定軍心，卻非要同楊儀見個高低。不管魏延可以舉出多少理由，這種先小忿而忘大局的行為顯然是十分錯誤的，當然也是不得人心的。所以，儘管他一向「善養士卒」，到了這個時候，卻是「士眾知曲在延，莫為用命，軍皆散。」（〈魏延傳〉）魏延一下子成了孤家寡人，只好帶著兒子逃跑，終於丟了老命。半世威名，毀於一旦，鑄成了千載悲劇。

不過，對於魏延善始而不能善終的悲劇，身為統帥的諸葛亮也是有一定責任的。

首先，諸葛亮對魏延的使用確實不像劉備那麼放得開手。劉備在世時，雖然手下良將眾多，卻一直把魏延視為特達卓異之才，委以方面之任。而諸葛亮呢，儘管北伐時良將寥寥，可與魏延頡頏者幾乎沒有，但他對魏延總是不那麼放心，既不認真考慮魏延的重要建議，也不願讓魏延分兵而進。這種頗有保留的用人態度，自然要使心高氣傲的魏延感到不快，不能充分發揮其積極性。可悲的是，諸葛亮與魏延並無私怨；但是，可能正是由於他律己甚嚴吧，他在衡量和使用人才時，不知不覺地比較偏愛那些穩重溫馴、謹言慎行的人；而對那種頗有才幹而鋒芒畢露的人，對那種優點突出缺點也明顯的人，對那種好提意見時有牢騷的人，總是不那麼喜歡，往往不能充分發揮他們各自的長處，對魏延就是如此。對於最高統帥來說，這不能不說是一種片面性，也是諸葛亮不及劉備之處。

其次，在處理魏延與楊儀的矛盾問題上，諸葛亮雖然「深惜儀之才幹，憑魏延之驍勇，常恨二人之不平」❽，卻一直未能採取妥善措施，眼看著二人由日常意氣之爭發展到尖銳對立，「有如水火」的地步。儘管他在主觀上「不忍有所偏廢」，但由於魏延常在前鋒迎敵，而楊儀一直在身邊辦事，對二人倚重的程度實際上還是有所不同。特別是在他臨終之時，如果把魏、楊二人叫到一起，曉之以大義，託之以後事，二人的矛盾即使不能渙然冰釋，至少也可以暫時緩和一下。遺憾的是，諸葛亮僅僅把楊儀、費禕、姜維等人找來安排後事，卻把魏延排除在外，只是留給他一個「斷後」的命令。既然魏延身為第一號大將，這樣做顯然是不大妥當的。魏、楊矛盾的激化，不能不說與此有關。

今天，我們越是敬佩諸葛亮的高風亮節，就越是為他沒有處理好魏延問題而惋惜。在某種意義上可以說，魏延的悲劇多少反映了蜀漢政權人才不盛，難乎為繼的悲劇。

◆無力回天的悲劇英雄——姜維

在《三國演義》寫到的蜀漢後期人物中，姜維是給人印象最深的一個，以致許多人誤以為姜維就是諸葛亮選定的接班人。

姜維（二〇二～二六四），字伯約，天水冀縣（今甘肅甘谷東）人。原為魏國中郎（《三國演義》誤為「中郎將」），參天水郡軍事。建興六年（二二八）春，諸葛亮首次北伐，姜維歸蜀，諸葛亮即任命他為倉曹掾，加奉義將軍，封當陽亭侯，時年二十七。從此深受諸葛亮信任，屢從征伐。後遷中監軍、征西將軍。建興十二年（二三四），諸葛亮卒，他任輔漢將軍，進封平襄侯。延熙六年（二四三），遷鎮西大將軍，領涼州刺史。十年（二四七）升任衛將軍，與大將軍費禕共錄尚書事。十九年（二五六）進位大將軍，成為蜀漢最高官員。

儘管姜維並非諸葛亮指定的接班人，但卻是繼承諸葛亮北伐曹魏、興復漢室的遺志最為堅決的一個。從延熙十二年（二四九）起，他先後八次伐魏。據《三國志・蜀書・後主傳》，這八次北伐是：第一次，延熙十二年「秋，衛將軍姜維出攻雍州，不克而還。將軍句安、李韶降魏。」第二次，延熙十三年（二五〇），「姜維復出西平，不克而還。」第三次，延熙十六年（二五三）

，「夏四月，衛將軍姜維復率眾圍南安，不克而還。」第四次，延熙十七年（二五四），「夏六月，維復率眾出隴西。冬，拔狄道、河關、臨洮三縣民，居於綿竹、繁縣。」第五次，延熙十八年（二五五），「夏，（姜維）復率諸軍出狄道，與魏雍州刺史王經戰於洮西，大破之。經退保狄道城，維卻住鍾題。」第六次，延熙十九年（二五六），「春，進姜維位為大將軍，督戎馬，與鎮西將軍胡濟期會上邽，濟失誓不至。秋八月，維為魏大將軍鄧艾所破於上邽。維退軍還成都。」第七次，延熙二十年（二五七），「聞魏大將軍諸葛誕據壽春以叛，姜維復率眾出駱谷，至芒水。」第八次，景耀五年（二六二），「姜維復率眾出侯和，為鄧艾所破，還住遝中。」毛宗崗《讀三國志法》稱姜維「九伐中原」，不當。其一，姜維歷次北伐，進攻方向都是曹魏的隴西地區，並非「中原」；其二，姜維第八次北伐退兵後，僅在遝中（今甘肅舟曲西北）屯田，並未第九次出兵。

綜觀姜維這八次北伐，除了第四次「拔狄道、河關、臨洮三縣民，居於綿竹、繁縣」，為蜀漢增加了一點人口，第五次大破曹魏雍州刺史王經，旋因魏征西將軍陳泰來援而退兵外，其他幾次，要麼勞而無功，要麼兵敗而還（第六次甚至是大敗），可謂敗多勝少。

《三國演義》從第一百七回到一百十五回，以主要篇幅描寫了姜維的八次北伐。與史實相較，《演義》對歷史上姜維的第二次、第四次北伐未予敘述；而《演義》所寫的六伐（與鄧艾、司馬望門陣法，大破之）、七伐（借魏將王瓘詐降之機，將計就計，誘鄧艾來劫糧草，將艾包圍，艾棄馬爬山而逃）則純屬虛構；寫其他幾次北伐，也有虛構成分（如二伐時包圍司馬昭於鐵籠山，八伐時雖敗而不退，暗襲祁山，打敗鄧艾）。儘管《演義》的描寫注意維護了姜維的形象，但讀者仍會強烈地感到他力不從心，收效甚微。

為什麼姜維八次北伐難獲成功？從根本上說，是因為歷史沒有給他提供獲得成功的必要條件。

在三國之中，蜀漢本來就疆域最小，實力最弱。到了蜀漢末年，後主劉禪昏庸無能，貪圖享樂；宦官黃皓專權亂政，結黨營私。朝政腐敗，百姓疲憊，以致「入其朝，不聞正言；經其野，民皆菜色」❾。蜀漢滅亡時，總共只有二十八萬戶，九十四萬人；如此少的人口，卻要供養十萬二千軍隊、四萬官吏，老百姓的負擔該是多麼沉重！僅就這一點而言，蜀漢政權已經無法維持。國勢如此衰微，姜維卻不明大勢，只憑一廂情願，年年出兵，徒耗民力。這樣，不僅無法取得根本性的勝利，而且實際上加速了蜀漢的滅亡。在此期間，吳國先後經歷了廢立太子、孫權逝世、諸葛恪被殺、孫峻孫綝專權、少主孫亮被廢等大事，雖曾幾度攻魏，但均遭失敗；孫休在位期間，先是誅滅權臣孫綝，繼而忙於處理內政，更無法有效地組織對魏國的進攻，與姜維配合。因此，等司馬氏鞏固了自己在魏國專權的地位以後，蜀漢最先滅亡也就毫不奇怪了。

蜀漢景耀六年（二六三），即姜維第八次北伐之後僅僅一年，司馬昭命征西將軍鄧艾、鎮西將軍鍾會、雍州刺史諸葛緒分兵三路，大舉攻蜀。姜維與張翼、廖化、董厥等堅守劍閣，遏制了鍾會大軍。但鄧艾偷渡陰平，奇襲涪城（今四川綿陽市），又在綿竹（今四川德陽黃許鎮）擊破諸葛瞻軍，直逼成都，後主劉禪倉皇投降。在腹背受敵、政權覆滅的形勢下，姜維率軍詐降鍾會，欲利用魏軍內部矛盾，使鄧艾殺衛瓘，鍾會殺鄧艾，殺魏軍諸將，然後殺鍾會，乘勢恢復蜀漢政權。然而，儘管鍾會手握雄兵，企圖割據自立；但因違背歷史潮流，不得人心，加之事機洩露，反被眾將所殺。姜維無力回天，悲憤而死，成為一個令人同情的悲劇英雄。

平心而論，若論在蜀漢政權中的作用，論歷史地位，蔣琬、費禕都高於姜維。然而，蔣琬、費禕執政期間沒有令人目眩的創造，沒有驚心動魄的戰爭，一切都那麼平平和和，順順當當；這雖然在當時受到國人的好評，但在後人看來，卻似乎不如長年馳驅疆場，浴血奮戰的姜維那麼富於傳奇色彩。蔣琬因病而死，費禕意外被刺，其結局也不像竭力救亡圖存，不幸事敗被殺的姜維那樣充滿悲劇情調。

從文化心理來說，人們更崇拜轟轟烈烈的英雄：既崇拜所向無敵的勝利英雄，也崇拜慷慨赴死的失敗英雄。因此，後代的民間藝人們總是樂於渲染姜維的功業事蹟。羅貫中繼承了這種文化心理，加之他重在敍述三國的征戰史、興亡史，因此，他雖然在《三國演義》第一百五回中寫到劉禪「依孔明遺言，加蔣琬為丞相、大將軍，錄尚書事」（按：蔣琬未任丞相，《演義》有誤），卻基本上沒有描寫蔣琬、費禕的政績，而徑直把姜維寫成了諸葛亮事業的繼承者。此後六百多年來，由於《三國演義》的廣泛傳播和根據《演義》改編的戲曲、曲藝的反覆說唱，使得一般老百姓都熟知姜維，卻不大知道蔣琬、費禕。這樣的文化現象，在世界各國歷史上似乎都有，很值得研究。

◆成百上千的藝術形象

還有許多人物，也為人們所熟知。

·孫權

《三國演義》中的孫權，是一個經過羅貫中藝術剪裁的鼎峙英雄。他十八歲便繼承了江東基業，恢廓大度，善於審時度勢，待機而動，又善於識才用才，舉賢任能，先後任用的四位統帥——周瑜、魯肅、呂蒙、陸遜，均為一時之傑，為孫吳的發展壯大作出了重大貢獻。由於他是居於陪襯地位的一方的領袖，作品未能充分展現他的功業，也未充分揭示他性格的豐富性，但其形象仍相當鮮明，堪稱另一類型的「明主」。

·司馬懿

《三國演義》中的司馬懿，是一個性格相當複雜的人物。他雄才大略，胸懷大志，善於把握全局，作出關鍵性的決策。

當他只是曹操手下眾多謀士之一時，就曾幾次提出重要建議：曹操打敗張魯，奪取漢中後，他主張趁劉備在益州立足未穩，立即進攻益州，可惜曹操未予採納（第六十七回）；但益州軍民的驚恐，曹操後來的後悔，都證明了這一主張的合理。

當關羽水淹七軍，斬了龐德之時，曹操被其聲勢所震懾，欲遷都以避之，司馬懿以精闢的分析，說服曹操放棄這一打算，利用吳、蜀矛盾，讓孫權出兵襲擊關羽之後（第七十五回），使形勢逆轉，終於導致關羽兵敗被殺。

他精通韜略，善於用兵，既善於出奇兵，又善於穩紮穩打。「克日擒孟達」（第九十四回）、「一舉奪街亭」（第九十五回）、擊滅公孫淵（第一百六回），都是他高明的用兵藝術的成功例證。在魏國眾文武大臣中，只有他可與諸葛亮相匹敵。諸葛亮「六出祁山」，之所以未能取得決定性的戰果，一個重要原因，就是遇到了他這個強勁的對手。

他的沉著冷靜、堅韌頑強，在與蜀軍的抗衡中得到了充分的表現。他老謀深算，工於心計，陰險狡詐，冷酷無情。在與曹爽集團的鬥爭中，他先是推病不出，以退為進；繼而詐稱病危，迷惑對方；一旦抓住時機，立即發動政變；奪得兵權後，他一面命人包圍曹爽家，一面假惺惺地派人送去一百斛糧食，最後則背信棄義，大肆殺戮，踩著政敵的屍骨登上了權力的寶座（第一百六回～一百七回）。

可以說，在《三國演義》的後四十回中，司馬懿是僅次於諸葛亮的重要人物，他既是支撐曹魏政權的棟梁，又是將曹家王朝演變為司馬氏王朝的禍首。這個足智多謀而又陰狠毒辣的封建政治家的典型形象，具有很高的認識意義和美學價值。

・其他人物

此外，那位相貌英俊而內心猥瑣、武藝高強而目光短淺的呂布，那位一度占據四州之地、有雄心有勇氣卻無遠大目光、手下人才濟濟卻外寬內忌的袁紹，那位只知憑藉高貴門第作威作福、野心勃勃卻無才無德的袁術，那位劃境自保、不圖進取、處事優柔寡斷但尚有長厚之風的劉表，那位救了曹操隨即又與之決裂、頗有謀略卻偏偏擇主不當、被俘後寧死不降的陳宮，那位智勇雙全、威鎮合肥的張遼，那位曾與諸葛亮齊名、相貌醜陋而多謀善斷的龐統，那位英武瀟灑、才華出眾、心高氣傲的周瑜，那位顧全大局、忠厚老實的魯肅，等等，都給讀者留下了深刻的印象。

即使是一些非常次要的人物，甚至僅僅出場一兩次的角色，也常常寫得頗具神采，使人難以忘懷。例如那位美麗聰明、宛若驚鴻的貂蟬，那位飄然出世、大智若愚的「水鏡先生」司馬徽，那位眼高手低、愚而自用的蔣幹，那位性格剛強、說一不二的吳國太……

◆《三國演義》的人物塑造方法

《三國演義》塑造人物的主要方法有：

一、**把人物放到尖銳複雜的矛盾衝突中，通過他們各具特色的言行，表現其不同的性格**。例如「空城計」這一情節，本來純屬虛構，作品卻通過巧妙的設計，將諸葛亮與司馬懿這兩個足智多謀的統帥置於面對面的矛盾衝突中：一個是膽略非凡，乍遇強敵而臨危不亂；一個是老謀深算，乘勝而來卻又狐疑不安。鬥爭的結果，處於絕對優勢的司馬懿倉皇撤退，而處於絕對劣勢的諸葛亮卻從容回兵。這就令人信服地證明諸葛亮確實比司馬懿高出一籌，凸現了二人的不同性格，給人留下深刻的印象。

二、**採用典型的情節和生動的細節來突出人物性格**。例如：蜀漢滅亡，劉禪投降後來到洛陽，司馬昭設宴款待，故意「令人扮蜀樂於前」。在這最容易觸景生情之時，「蜀官盡皆墮淚，後主喜笑自若。」司馬昭問他是否思蜀，他竟回答：「此間樂，不思蜀也。」這一細節描寫，把這個亡國之君的毫無血性寫得入木三分。

三、**運用誇張、對比、襯托、側面描寫等多種手法來塑造人物**。如「溫酒斬華雄」、「三顧茅廬」、「張飛威鎮長坂橋」等情節，都是成功的範例。

成百上千的藝術形象，在《三國演義》中的分量不同，特色各異，刻畫的程度也不一樣。他們共同構成一座絢麗多彩的人物畫廊，一個妙趣橫生的小說世界，令人觀賞不盡，流連忘返。

❶《三國志．魏書．三少帝紀》注引《漢晉春秋》。
❷《三國志．吳書．三嗣主傳》。
❸《三國志．吳書．王樓賀韋華傳》。
❹《三國志．蜀書．諸葛亮傳》。
❺《三國志．蜀書．費禕傳》。
❻《三國志．蜀書．諸葛亮傳》注引《華陽國志》。
❼《三國志．蜀書．費禕傳》。
❽《三國志．蜀書．楊儀傳》。
❾《三國志．吳書．薛珝傳》注引《漢晉春秋》。

肆

《三國演義》的藝術成就

作為中國文學史上第一部成熟的長篇章回體歷史演義小說，《三國演義》在藝術上取得了卓越的成就，不僅為後代大量出現的歷史演義小說樹立了傑出的典範，而且為整個古代小說創作提供了一整套成功的經驗。

1. 創作方法與總體風格

◆《三國演義》的創作方法

關於《三國演義》的創作方法，近幾十年來學者們先後提出了四種觀點：

一、基本上是現實主義的；
二、主要是浪漫主義的；
三、是現實主義與浪漫主義的結合；
四、是古典主義的。

筆者認為，在創作方法上，《三國演義》既不屬於今天所說的現實主義，也不屬於今天所說的浪漫主義，而是古典現實主義精神與浪漫情調、傳奇色彩的結合。

綜觀全書，羅貫中緊緊抓住歷史運動的基本軌跡，大致反映了從東漢靈帝即位（一六八）到西晉統一全國（二八〇）這一歷史時期的面貌。這一歷史時期的一系列重大事件，如黃巾起義、何進謀誅宦官、董卓進京、諸侯聯軍討伐董卓、曹操奉迎漢獻帝、孫策開拓江東、官渡之戰、隆中對策、赤壁之戰、劉備取益州、劉備曹操爭奪漢中、呂蒙襲取荊州、夷陵之戰、諸葛亮南征北伐、鄧艾滅蜀、魏晉禪代等等，羅貫中都予以關注，都大致按照史實的基本框架和發展趨勢，作了不同程度的敘述與描寫。這一歷史時期的一系列重要人物，羅貫中在把握其性格基調時，都力求實現藝術形象與其歷史原型本質上的一致。這樣，就使作品具有厚重的歷史感，表現出強烈的現實主義精神。這是人們普遍承認《三國演義》「藝術地再現了漢末三國歷史」的根本原因。

然而，在具體編織情節，塑造人物時，羅貫中卻主要繼承了民間通俗文藝的傳統，大膽發揮浪漫主義想像，大量進行藝術虛構，運用誇張手法，表現出濃重的浪漫情調和傳奇色彩。

例如：作品中決定三國鼎立局面的關鍵戰役——赤壁之戰這個情節單元❶，從第四十三回諸葛亮出使江東，到第五十回關雲長義釋曹操，總共用了八回篇幅。從總體上來看，羅貫中筆下的戰役的起因（曹操奪得荊州後，直逼長江，虎視江東）、進程（諸葛亮出使江東，說服孫權建立孫劉聯盟，吳軍利用曹操的驕傲自大心理，由黃蓋行詐降計，並借東南風大作之機，發動火攻）、結局（曹軍慘敗，曹操由華容道狼狽逃竄），大致反映了歷史上的赤壁大戰的全過程，使人覺得「像」那段歷史。然而，如果對這個情節單元的情節逐個加以分析，就會看到，其中想像和虛構的成分占了很大比重。

這個單元主要有十三個情節：「舌戰群儒」、「智激孫權」、「智激周瑜」、「蔣幹盜書」、「草船借箭」、「苦肉計」、「闞澤密獻詐降書」、「龐統巧授連環計」、「橫槊賦詩」、「借東風」、「火燒赤壁」、「曹操三大笑」、「華容放曹」。在這十三個情節中，只有「智激孫權」、「火燒赤壁」這兩個情節有明確的史實依據，其他十一個情節則基本上是作家發揮浪漫主義想像作出的藝術虛構。這些虛構的情節，既是強烈吸引讀者的生動故事，更是塑造人物形象的有力手段。這種粗看好像與歷史「相似」，細看則處處有藝術虛構、時時與史實相出入的情況，在整部作品中比比皆是。這種虛實結合，亦實亦虛的創作方法，乃是《三國演義》的基本創作方法，是其最重要的藝術特徵。

在把握《三國演義》的創作方法時，讀者需要特別重視這樣兩點：

·以傳奇眼光看人物

漢末三國時期的許多人物，本來就是在一個大崩地裂的特殊年代湧現出來的非凡人物，不同於和平年代的凡夫俗子，其生平業績多具傳奇色彩。曹操歷經險境而不死，終於削平群雄，統一北方，被譽為「非常之人，超世之傑」；荀彧二十九歲便成為曹操的首席謀士，屢獻奇策；劉備屢遭挫折，幾無立錐之地，後來卻三分天下有其一；諸葛亮二十七歲便預見到三分鼎立的格局，堪稱千古奇才；關羽於萬眾之中來去如飛，一舉斬了猛將顏良；張飛獨據長坂橋，竟震懾住曹操大軍；孫策二十一歲便所向披靡，開拓了江東基業；孫權十八歲成為虎踞一方的雄主；周瑜二十四歲已成遠近聞名的統兵大將……這些都是實實在在的歷史，確是後世的平庸之輩無法企及的。

羅貫中創作史詩型巨著《三國演義》時，一方面以綜觀天下、悲憫蒼生的博大胸懷，直面歷史，努力尋繹漢末三國時期的治亂興亡之道，表現出深刻的現實精神；另一方面，他又繼承了中國文學「好奇」的審美心理，以「蓋世必有非常之人，然後有非常之事；有非常之事，然後有非常之功」❷的眼光，竭力突出和渲染那個時代的奇人、奇才、奇事、奇遇、奇謀、奇功，使作品洋溢著濃郁的傳奇氛圍，全書也就成為「既是現實的，又是傳奇的」這樣一部奇書。

現代一些學者，以十九世紀成熟於歐洲的現實主義創作方法來衡量《三國演義》，對其人物塑造提出批評。其中影響最大的是魯迅先生這段話：「至於寫人，亦頗有失，以致欲顯劉備之長厚而似偽，狀諸葛之多智而近妖。」❸

我非常崇敬魯迅先生；但對這段話，我卻不敢認同。從根本上講，魯迅先生是一個偉大的現實主義作家，既立足於中國社會現實，又受到俄國、日本等國現實主義文學的深刻影響。不過，平心而論，以產生於現代化大生產的歷史條件下的嚴格的現實主義標準來衡量問世於十四世紀中國封建社會的古典小說《三國演義》，未免與小說的創作實際不太吻合。

綜觀《三國演義》全書，作品對諸葛亮形象的塑造是非常成功的。這裡特別要強調這樣幾點：

第一，作品中的諸葛亮形象，既實現了與其歷史原型本質上的一致，又進行了充分的理想化，表現出濃重的浪漫情調和傳奇色彩。這種浪漫情調和傳奇色彩，繼承和發揚了中國古典小說「尚奇」的藝術傳統。從這個角度來看，《三國演義》對諸葛亮的智慧和謀略的竭力渲染是完全可以理解的。

第二，《三國演義》對諸葛亮智謀的誇張和渲染，可謂由來有自。早在西晉末年，鎮南將軍劉弘至隆中，為諸葛亮故宅立碣表閭，命太傅掾李興撰文，其中便寫道：

> 英哉吾子，獨含天靈。豈神之祇，豈人之精？何思之深，何德之清！……推子八陣，不在孫、吳；木牛之奇，則非般模。神弩之功，一何微妙！千井齊甃，又何祕要❹?!

這裡已經為諸葛亮的才幹和謀略抹上了神祕的色彩。及至唐代，諸葛亮已被稱為「智將」。到了宋代，大文豪蘇軾作〈諸葛武侯畫像贊〉，更是對諸葛亮的謀略大加頌揚：

密如神鬼，疾若風雷；進不可當，退不可追；晝不可攻，夜不可襲；多不可敵，少不可欺。前後應會，左右指揮；移五行之性，變四時之令。人也？神也？仙也？吾不知之，真臥龍也！

「人也？神也？仙也」的讚歎，更加突出了諸葛亮的「神奇」。沿著這一思路，元代的《三國志平話》又進一步寫道：

諸葛本是一神仙，自小學業，時至中年，無書不覽，達天地之機，神鬼難度之志；呼風喚雨，撒豆成兵，揮劍成河。司馬仲達曾道：「來不可□，□不可守，困不可圍，未知是人也，神也，仙也？」（卷中《三謁諸葛》）

這就完全把諸葛亮神化了。

羅貫中寫作《三國演義》時，對《三國志平話》中的諸葛亮形象作了大幅度的改造，刪除了「呼風喚雨，撒豆成兵，揮劍成河」之類的神異描寫，使諸葛亮形象復歸於「人」本位——當然，是一個本領非凡的、具有傳奇色彩的傑出人物。書中對諸葛亮智謀的描寫，大都有跡可循，奇而不違情理。

第三，應該注意將《三國演義》與其衍生作品加以區別。幾百年來，在《三國演義》廣泛傳播的過程中，人們不斷地對其進行改編與再創作，從而產生出大量的、各種門類的衍生作品。這些衍生作品，一方面大大增加了《演義》的傳播管道，擴大了它的影響；另一方面又對《演義》的人物形象和故事情節有所強化，有所發展，有所變異。例如：《三國演義》寫諸葛亮的裝束，初見劉備時是「頭戴綸巾，身披鶴氅」（第三十八回）；赤壁大戰後南征四郡，也是「頭戴綸巾，身披鶴氅，手執羽扇」（第五十二回）；首次北伐，與王朗對陣，則是「綸巾羽扇，素衣皂絛」（第九十三回）。這些描寫，來源於東晉裴啓所撰《語林》對諸葛亮衣著風度的記載：「乘素輿，著葛巾，持白羽扇，指麾三軍，眾軍皆隨其進止。」「鶴氅」亦為魏晉士大夫常用服飾，《世說新語》等書屢見不鮮。而在明清以來的某些「三國戲」和曲藝作品中，諸葛亮動輒穿上八卦衣，自稱「貧道」，言談舉止的道教色彩越來越重，其計謀的神祕意味也有所強化。如果有人從這類作品中得到諸葛亮形象「近妖」的印象，那是不能記在《三國演義》的賬上的。

總之，儘管《三國演義》在表現諸葛亮的智謀時，確有個別敗筆，但只能算是白璧微瑕。從總體上來看，諸葛亮形象仍然是全書塑造得最為成功，最受人們喜愛的不朽藝術典型。

同樣，對關羽、張飛、趙雲、馬超、黃忠、龐統、典韋、許褚、甘寧、周泰、華佗、管輅等諸多人物形象，在把握其性格基調的同時，對其不同凡響的武功、智謀、技藝，也都應該以傳奇眼光視之。

．以浪漫情調觀情節

從發生學的角度來看，中國古代章回小說與西方小說有著根本的區別。西方小說很早就是作家文學，書面文學。儘管它們在內容和風格上不可避免地受制於各個時代，但因作品大多由作家個人寫成，各個作家便有足夠的條件在小說中展示自己的思想傾向和藝術主張，塑造不同性格的人物成為小說最重要的任務。而中國古代章回小說卻直接來源於作為大眾娛樂方式的「說話」藝術，它們面對的是閱讀能力較差，多數只能「聽」故事的大眾，需要適應的是大眾的欣賞習慣和審美趣味。因此，在古代章回小說特別是早期作品中，「講故事」乃是第一位的任務，塑造人物則是在「講故事」的過程中順便完成。於是，故事的新奇、曲折、出人意表、扣人心弦便至關重要，而符合這些要求的故事情節，往往也就自然而然地具有了浪漫情調。瞭解這一點非常重要，它提示我們：對於《三國演義》中的許多情節，應當以浪漫情調觀之。

在有關諸葛亮形象的一系列情節上，這一特點非常突出。《演義》抓住歷史人物諸葛亮「智慧」「忠貞」這兩大品格，並加以理想化，把諸葛亮塑造為中華民族忠貞品格和無比智慧的化身；特別是把諸葛亮善於把握天下大勢、善於總攬全局、制定正確的戰略方針的政治智慧加以強化和補充，突出他的軍事智慧，把他寫成天下無敵的謀略大師。作品寫諸葛亮火燒博望、火燒新野、巧奪荊州、智取漢中、安居平五路、七擒孟獲等事，儘管頗多虛構，但要麼早有野史傳聞或《三國志平話》的相關情節作基礎，要麼是對史實的移植與重構；即使純屬虛構，也編排有度，大致符合情理。這樣的智謀，雖有傳奇色彩，卻並非神怪故事；雖非常人可及，卻符合人們對傳奇英雄的期待。這與全書的浪漫情調和傳奇色彩是一致的。如果離開「浪漫情調」這個特點，簡單地以歷史事實來對照，以日常生活邏輯來衡量，批評和貶低小說的藝術成就，必然會方枘圓鑿，格格不入。試看下面兩個例子。

例一，草船借箭。歷史上並無諸葛亮用計「借箭」的史實。與這個故事略有瓜葛的記載見於《三國志．吳書．吳主傳》注引《魏略》，說建安十八年（二一三）孫權與曹操相持於濡須，孫權乘大船去觀察曹軍營寨，曹操下令亂箭射之；船的一面受了許多箭，偏重將覆，孫權沉著應付，命令將船掉頭，讓另一面受箭，等「箭均船平，乃還」。這只是被動的「受箭」，而不是主動的「借箭」。在元代的《三國志平話》中，周瑜掛帥出兵後，與曹操在江上打話，曹軍放箭，周瑜讓船接滿箭支而回。但這也只是隨機應變的「接箭」，同樣不是有計畫的「借箭」。由此可見，「草船借箭」完全是《三國演義》的一段傑出創造。作者對事件的主角、時間、地點、原因、過程都進行了根本性的改造，把它納入諸葛亮、周瑜、曹操三方「鬥智」的範疇，從而寫出了這一膾炙人口的篇章❺。如果有人以《三國志》為據，替孫權鳴不平，指責羅貫中讓諸葛亮搶了孫權的功勞；或者以《三國志平話》為據，替周瑜爭功，只能說是背離小說邏輯的怪論，把一個波瀾起伏的精彩情節弄得索然無味。

例二，空城計。歷史上曾經流傳有關諸葛亮使用「空城計」的傳說。《三國志·蜀書·諸葛亮傳》裴松之注就曾引用《蜀記》所載郭沖之言：

亮屯于陽平，遣魏延諸軍並兵東下，亮惟留萬人守城。晉宣帝（按：即司馬懿）率二十萬眾拒亮，而與延軍錯道，徑至前，當亮六十里所，偵候白宣帝說亮在城中兵少力弱。亮亦知宣帝垂至，已與相逼，欲前赴延軍，相去又遠，回迹反追，勢不相及，將士失色，莫知其計。亮意氣自若，敕軍中皆臥旗息鼓，不得妄出庵幔，又令大開四城門，掃地卻灑。宣帝常謂亮持重，而猥見勢弱，疑其有伏兵，於是引軍北趣山。……宣帝後知，深以為恨。

故事很有傳奇色彩，但裴松之本人並不相信，他在駁難中指出：當諸葛亮屯兵漢中時，司馬懿尚為荊州都督，鎮守宛城（今河南南陽），根本不曾到漢中一帶，直到曹真死後，他才與諸葛亮抗衡於關中。由此可見，郭沖所言並非史實。然而，羅貫中卻看中了這個傳說，把它納入諸葛亮首次北伐的情節系列中，經過精心加工，創造出了一個撼人心魄的生動情節。

「空城計」是《演義》中諸葛亮與司馬懿之間第一次面對面的鬥智鬥謀，它為這兩大軍事家後來反覆進行的變幻無常的較量定下了基調，給人留下了深刻的印象❻。有人按照日常生活邏輯，提出：司馬懿既然在兵力上占有絕對優勢，為何不屯兵小小的西縣城外，把諸葛亮緊緊包圍起來；或者乾脆衝進城去，看他諸葛亮怎麼辦？如果真是這樣，讓司馬懿俘虜諸葛亮，小說還能寫下去嗎？那樣豈不會引起讀者的公憤？顯然，這又是背離小說邏輯，只顧一廂情願的遐想。

其實，任何一部成功的小說，都會構建起自己的藝術世界。在這個世界裡，所有情節都將按照作者設計的藝術假定性和藝術邏輯去展開。只有循著這樣的藝術假定性去看小說，才能領略作品的意趣，否則便會扞格難通。《水滸傳》中「魯智深倒拔垂楊柳」、「景陽岡武松打虎」、「小李廣梁山射雁」等膾炙人口的情節，如果離開作品的藝術假定性，站在作品的藝術世界之外去評頭論足，豈不要指責這也「不可能」，那也「非事實」？這樣還算藝術鑑賞嗎？！

總之，以浪漫情調觀情節，就會感到《三國演義》充滿奇思妙想，令人讀來愛不釋手，從中得到美的享受、智的啓迪。反之，如果簡單而生硬地以歷史事實來規範小說，以日常生活邏輯來否定那些浪漫情節，那就違背了最基本的藝術規律。

◆「陽剛」的總體藝術風格

《三國演義》的總體藝術風格，可以用「陽剛」二字概括。全書從大處著眼，重在反映天下興亡，歷史嬗變，而基本沒有表現個人的悲歡離合；主要描寫英雄豪傑的建功立業，而無暇顧及卿卿我我的兒女私情；敍述金戈鐵馬的征戰情節時，一般也不採取個人感受的角度，不是把戰爭寫得淒淒慘慘戚戚，而是站在歷史發展的高度，著重注意交戰雙方的成敗得失、理想英雄的非凡氣概和各次戰爭的歷史作用。這樣，儘管作品中有不少悲劇的成分，但整個作品卻洋溢著陽剛之美，給人以奮發向上的力量。

試以膾炙人口的〈趙雲單騎救阿斗〉（第四十一回）為例，在這場驚心動魄的戰鬥中，經過連續不斷的苦戰，一次又一次地救人，趙雲肯定早已人困馬乏，飢腸轆轆，口乾舌燥，汗濕征袍，他的臉上應該是沾滿了灰塵，他的鎧甲應該是血跡斑斑，他的身上很可能帶著刀劍留下的傷痕……但是，我們在小說中卻看不到這些，我們只看到一個英姿颯爽、武藝高強的傳奇英雄在一往無前地衝殺，在為自己的責任和榮譽而戰。羅貫中按照自己的美學原則，把一場血雨腥風的廝殺加以淨化，人們從這裡感受到的，不是戰場的恐怖，死亡的可怕，而是對忠誠、勇敢和力量的讚美。於是，這一篇章便成為一曲「忠義」英雄的高亢頌歌，給人以崇高的壯美之感。

正確把握《三國演義》的創作方法與總體風格，對於深入理解作品的藝術成就和文化意蘊，具有十分重要的意義，我們應當予以充分重視。

❶我把書中那些前後關聯密切，共同敍述一個重大事件的系列情節，稱為「情節單元」。除「赤壁之戰」外，「官渡之戰」、「三氣周瑜」、「七擒孟獲」、「六出祁山」、「八伐中原」等系列情節，均可稱為「情節單元」。

❷司馬相如：〈難蜀父老〉，見《史記・司馬相如列傳》。

❸魯迅《中國小說史略》第十四篇〈元明傳來之講史〉（上）。

❹見《三國志・蜀書・諸葛亮傳》注引《蜀記》。

❺參見拙作〈波譎雲詭，神來之筆——「草船借箭」賞析〉，先後收入拙著《三國漫談》（遠流出版公司二〇〇二年版）、《賞味三國》（遠流出版公司二〇〇六年版）。

❻參見拙作〈知己知彼，化險為夷——「空城計」賞析〉，先後收入拙著《三國漫談》（遠流出版公司二〇〇二年版）、《賞味三國》（遠流出版公司二〇〇六年版）。

2. 千變萬化的情節藝術

《三國演義》向來以情節豐富生動聞名。書中的許多情節，如「桃園結義」、「鞭打督郵」、「孟德獻刀」、「捉放曹」、「溫酒斬華雄」、「三英戰呂布」、「連環計」、「酣鬥小霸王」、「轅門射戟」、「割髮代首」、「拔矢啖睛」、「白門樓」、「煮酒論英雄」、「斬顏良誅文醜」、「過五關斬六將」、「古城會」、「夜襲烏巢」、「走馬薦諸葛」、「三顧茅廬」、「單騎救阿斗」、「威鎮長坂橋」、「舌戰群儒」、「智激周瑜」、「群英會」、「蔣幹盜書」、「草船借箭」、「苦肉計」、「橫槊賦詩」、「借東風」、「火燒赤壁」、「曹操三大笑」、「華容放曹」、「三氣周瑜」、「孫劉聯姻」、「割鬚棄袍」、「裸衣鬥馬超」、「截江奪阿斗」、「義釋嚴顏」、「夜戰馬超」、「單刀赴會」、「威震逍遙津」、「百騎劫魏營」、「計斬夏侯淵」、「水淹七軍」、「刮骨療毒」、「白衣渡江」、「走麥城」、「火燒連營」、「安居平五路」、「力斬五將」、「收姜維」、「失街亭」、「空城計」、「遺恨五丈原」,等等,都是膾炙人口的名篇。在古今中外的小說名著中,像這樣能讓人隨口舉出幾十個為廣大讀者熟知的情節的作品,可以說是十分罕見的。大量的精彩情節,使全書滿目珠璣,熠熠生輝,令人讀來興會酣暢。

綜觀《三國演義》的情節藝術,可以看到這樣幾個突出的特點:

◆善於處理史實與虛構的關係

任何一部歷史演義小說,在寫作中都面對著一個重大問題,就是如何處理史實與虛構的關係。既然寫作題材是「歷史」,那麼,作者不能不受基本史實的制約,不能任意顛倒歷史事件的內在邏輯和彼此聯繫,更不能隨意改變歷史的總體輪廓和根本走向,這是歷史小說應當遵循的一個重要原則。另一方面,既然是「小說」,那麼,其基本屬性是文學作品,作者就有權對歷史素材作出自己的審美判斷,有權(而且必須)展開藝術想像,進行適當的藝術虛構。在這裡,史實和虛構不是機械相加的關係,而應該是水乳交融的關係。能否做到這一點,乃是區分不同作者藝術才華高低的一個重要標誌。正是在這一點上,《三國演義》取得了極大的成功。

人們常常說《三國演義》是「七實三虛」，這話來自清代史學家章學誠的《丙辰劄記》：「惟《三國演義》，則七分實事，三分虛構，以致觀者往往為所惑亂。如桃園等事，學士大夫直作故事用矣。」章學誠指責《三國演義》將史實與虛構融為一體，使得讀者發生「惑亂」，甚至連「學士大夫」都以為「桃園結義」等情節是事實，把它們當作典故來用，因而主張歷史演義應當「實則概從其實，虛則明著寓言，不可虛實相雜」，這完全是不懂文學藝術的迂腐之見。其實，他所說的情況，恰好從反面證明了《三國演義》虛實結合的成功，證明了《演義》情節的強大藝術魅力。人們借用他的話，用「七實三虛」來概括《三國演義》中史實與虛構的關係，只是一種籠統的說法，並非準確的定量分析，對此不應作機械的理解（近年來，有的學者為了強調《演義》中虛構成分比重之大，又反過來說《三國演義》是「三實七虛」）。我們可以這樣說：從總體上看，除了一些交代性的、過場性質的敍述之外，書中的重要情節，大都不同程度地帶有虛構成分，而且越是精彩的情節，其虛構成分越多，有的甚至純屬虛構。除了本章第一節談到的「赤壁之戰」這個情節單元之外，其他一些重要的情節單元，「三氣周瑜」基本出自虛構，「七擒孟獲」具體情節大部分屬於虛構，「六出祁山」虛構成分也頗多。作者編織情節的主要方法有以下五種：

一是移花接木，張冠李戴。例如，按照《三國志．蜀書．先主傳》和裴注的記載，鞭打督郵的本來是劉備。事情的經過是：由於朝廷下詔，要對因軍功而當官的人進行淘汰，正在當安喜縣尉的劉備擔心自己用鮮血換來的官職也可能保不住；正好督郵來到安喜縣，準備遣還劉備；劉備前往館驛求見，督郵卻稱病不見；劉備一氣之下，帶人闖入館驛，將督郵捆起來，綁在樹上狠狠打了一頓；然後解下自己的印綬，掛在督郵的頸子上，揚長而去。歷史上的劉備號稱「梟雄」，性格剛毅，此時又是血氣方剛的二十幾歲小夥子，受到欺辱時當然不願忍氣吞聲，這樣做並不奇怪。但在《三國演義》中，羅貫中為了把劉備塑造為理想的「明君」，便把此事移到張飛頭上，這樣既不損害劉備「寬仁長厚」的形象，又有利於突出張飛性如烈火，嫉惡如仇的性格特徵，可謂一舉兩得，十分成功。

二是更改時間，調換地點。例如，根據《三國志・蜀書・諸葛亮傳》的記載，歷史上的徐庶離開劉備本來是在曹操占領荊州之後，在跟隨劉備敗走江陵的途中，由於其母被曹操俘虜而不得不辭別劉備，歸附曹操。《演義》卻將這一時間提前，改寫成徐庶打敗曹仁之後，因老母被曹操騙去軟禁而被迫離去。這樣寫至少有三個好處：其一，讓徐庶顯過一番本事之後再離開，既可表現其非凡的才華謀略，又為後面諸葛亮的出場作了鋪墊；其二，通過「走馬薦諸葛」的動人情節，引出「三顧茅廬」這一段佳話；其三，在劉備剛剛打了勝仗之時離開，並推薦一位比自己高明得多的軍師來輔佐劉備，就使徐庶避免了「不能共患難」之嫌，使其被迫離開更能讓人理解和同情。這樣的情節設計，真是峰迴路轉，恰到好處。

三是添枝加葉，踵事增華。例如，劉備三顧茅廬，在《三國志．蜀書．諸葛亮傳》中只有一句話：「由是先主遂詣亮，凡三往，乃見。」這「三往」的過程如何，每次遇到什麼人，說了些什麼話，書中別無交代。而《演義》卻層層鋪墊，多方襯托，寫出了紆徐曲折、有聲有色的幾回大書，把劉備的謙恭下士和諸葛亮的雅量高致表現得極其生動傳神（此時劉備四十七歲，諸葛亮二十七歲），使人不禁悠然神往。

四是以虛補實，合理延伸。例如，《三國志．吳書．周瑜傳》中有黃蓋在赤壁之戰中詐降曹操，趁曹軍疏於防備之機發動火攻的記載；但是，黃蓋是怎樣詐降的？怎樣使老於世故、精通謀略的曹操相信他是真投降？書中卻毫無記載，而這恰恰是讀者很容易感興趣的地方。於是，羅貫中針對讀者心理，根據史料提供的可能性，延伸想像，虛構了「苦肉計」、「闞澤獻書」兩個情節，使黃蓋詐降成為整個赤壁之戰情節單元中的一個有機環節，前後銜接，真實可信，圓通自然。

五是馳騁想像，憑空虛構。例如，根據《三國志．蜀書．張飛傳》的記載，歷史上的張苞早在張飛遇害之前即已夭折，並未建立什麼功業。《演義》卻虛構了張苞隨劉備伐吳，後來又隨諸葛亮北伐的情節，賦予他「將門虎子」的形象。此外，像「孟德獻刀」、「安居平五路」、「力斬五將」等精妙情節，也是史籍毫無記載，完全由小說虛構而成的。

多種多樣的構成方式，使《三國演義》的情節千變萬化，異彩紛呈，妙趣無窮。

◆推陳出新，化平庸為神奇

《三國演義》中的一些情節，在元雜劇三國戲、《三國志平話》中可以找到雛形。然而，羅貫中決不是簡單地撿現成，而是對這樣的一些故事「毛胚」進行深度加工或者根本性的改造，使之在思想內涵和藝術水平上發生質的飛躍，從而創造出新的屬於羅貫中自己的精彩情節。

例如，《三國志平話》卷上的「王允獻董卓貂蟬」一節，寫貂蟬與呂布本是夫妻，因戰亂失散；王允先請董卓赴宴，表示願將貂蟬獻上；然後請呂布赴宴，讓貂蟬與其夫妻相認，並答應送貂蟬與呂布團聚；數日後，王允將貂蟬送入太師府，董卓將貂蟬霸為己有；呂布大怒，乘董卓酒醉，將其殺死。這樣的情節安排弊病甚大：第一，王允明明知道貂蟬與呂布是夫妻，並已讓二人當堂相認，卻還要把貂蟬獻給董卓，未免顯得太下作；第二，貂蟬在與呂布夫妻相認後，居然還毫無怨尤地讓王允把自己送給董卓為妾，實在不近情理；第三，呂布為奪回被霸占的妻子，憤而殺死董卓，這是理所應當，絲毫看不出見利忘義的本質；第四，按照這種人物關係，貂蟬在董卓與呂布之間沒有什麼回旋的餘地，裝癡撒嬌已無可能，離間二人關係也無必要。總之，按照這種人物關係展開描寫，不僅降低了王允的形象，模糊了呂布的性格，使貂蟬形象缺乏美感，而且使整個情節缺少戲劇性發展的內在機制。羅貫中對人物關係作了創造性的改造，改成呂布與貂蟬本不相識，一下子就使人物關係合理了；同時，對情節發展過程，羅貫中也設計得更為豐富和巧妙。於是，王允設置「連環計」只使人感到其老謀深算，善於利用矛盾；董卓與呂布為爭奪貂蟬而反目，不僅符合二人的性格，而且與歷史事實取得了邏輯上的一致；貂蟬不再是只求夫妻團圓的一般女子，而成了懷有崇高使命的巾幗奇傑，雖然忍辱負重，卻獲得了在董卓、呂布之間縱橫捭闔的心理自由；整個情節也因此而波瀾起伏，藝術虛構與史實再現水乳交融，成為一個十分成功的典型情節。

◆編織精彩的情節是爲了塑造鮮活的人物

羅貫中設計那麼多生動有趣的情節，並非單純敍事的需要，也不僅僅是為了講述一些能夠吸引人的熱鬧的故事，主要還是著眼於人物形象的塑造。

就拿前面談到的赤壁大戰來說吧。歷史上的赤壁之戰，從建安十三年（二〇八）九月劉琮降曹，劉備敗走夏口起，到同年十二月曹操慘敗而回，總共不過三個月時間，過程也並不那麼複雜。然而，《三國演義》卻用了八回篇幅（如果從第四十回「蔡夫人議獻荊州」算起，則總共十一回），寫了十幾個情節，使這一情節單元成為全書篇幅最大的部分之一，這顯然不是交代戰爭過程的需要，而是寫人的需要。正是在這些扣人心弦的情節中，諸葛亮、周瑜、曹操等主要人物，魯肅、黃蓋、闞澤、甘寧、龐統、蔣幹等次要人物，被刻畫得各具特色，給讀者留下了深刻的印象。書中其他許多精彩的情節，也都是為塑造人物形象服務的。

3. 波瀾壯闊的戰爭描寫

《三國演義》給人印象最深的一個方面，就是擅長戰爭描寫。全書以黃巾起義開端，以西晉滅吳收尾，反映了從東漢末年到三分歸晉這一百多年間的全部戰爭生活，描寫了這一時期的所有重要戰役和許多著名戰鬥，大大小小，數以百計。接連不斷的戰爭描寫，構成了小說的主要內容，占了全書的大部分篇幅。作品描寫戰爭的時間之長，範圍之廣，規模之大，層次之多，在中國小說發展史上都是無與倫比的。這雄辯地告訴人們：《三國演義》不愧為中國乃至世界上最早的「全景軍事文學」。

作為一部古代的「全景軍事文學」，《三國演義》的作者以極為高超的大手筆，展現了一個個驚心動魄的場面，把歷次戰役和戰鬥寫得千變萬化，絢麗多彩，具有強大的藝術魅力，使人百看不厭。可以毫不誇張地說，《演義》描寫戰爭成就之高，堪稱千古獨步。其突出特點是：

一、善於從政治的高度，把握戰爭的全局。

戰爭是政治的繼續，是政治鬥爭的尖銳形式，又是實現政治目標的手段，它本身並非終極目的。羅貫中從來沒有孤立地描寫戰爭，從來沒有盲目地頌揚所有戰爭，更沒有去欣賞戰爭的殘酷性；而是站在民本思想的立場，以「嚮往國家統一，歌頌忠義英雄」為創作主旨，對不同性質的戰爭分別採取或肯定或否定的態度。

對於每一次戰爭，羅貫中總是把它與當時的政治鬥爭緊密聯繫在一起，寫出是什麼樣的政治形勢引起了戰爭，戰爭的結果又是怎樣改變了各派政治力量的鬥爭格局，影響了歷史發展的走向。無論是諸侯聯軍討伐董卓之戰、袁紹公孫瓚磐河之戰、孫堅攻打劉表之戰、李傕郭汜爭權奪利之戰，還是曹操擊滅呂布之戰、官渡之戰、赤壁之戰、曹操劉備爭奪漢中之戰，作者都高屋建瓴，牢牢把握戰爭的全局，表現了鮮明的思想傾向和深刻的歷史眼光。這樣，就使《三國演義》在品位上大大高於一般的講述征戰殺伐故事的小說。

二、善於集中筆墨，著重描寫戰爭雙方決戰前的力量對比、形勢分析和戰略戰術的運用，突出謀略的關鍵作用，從而揭示出決定戰爭勝負的根本原因。

羅貫中信奉「知彼知己，百戰不殆」的軍事規律，崇尚「鬥智優於鬥力」的思想，總是把注意力放在對制勝之道的尋繹上。因此，雖寫戰爭，卻不見滿篇打鬥；相反，書中隨處可見智慧的碰撞、謀略的較量，而戰場廝殺則往往只用粗筆勾勒。

例如，《演義》寫赤壁大戰共用八回篇幅，前面六回半基本上是寫決戰前的鬥智，從「舌戰群儒」直到「巧借東風」，作者有條不紊地敍述了戰爭雙方的謀略和部署，著重描寫了諸葛亮、周瑜、曹操三者之間的反覆鬥智，從而揭示了雙方攻守之勢的轉化，同時也表現了孫劉聯盟內部的矛盾和鬥爭；這樣，就使讀者從戰爭的進程便能看到它的結局，並為孫劉聯盟以後的鬥爭埋下伏筆；而決戰時的火燒赤壁僅僅用了半回篇幅；最後的一回（第五十回）則是戰役的尾聲，通過曹操逃跑時遭到重重攔截，表現了周瑜和諸葛亮（特別是諸葛亮）軍事部署之嚴密，而關羽「義釋」曹操，固然表現了關羽的「義絕」性格，卻也早在諸葛亮的預料之中，這就仍然突出了「人謀」的巨大作用。

再如劉備曹操爭奪漢中之戰：曹操親率四十萬大軍來到漢中，可謂軍威赫赫。然而，雙方尚未交戰，諸葛亮便派趙雲率領五百人，連續三夜以鼓角驚擾曹軍，「曹操心怯，拔寨退三十里」；次日，兩軍對陣，交戰伊始，蜀軍便丟棄馬匹兵器，往漢水敗退，曹軍正在追趕，曹操懷疑有詐，下令退軍，蜀軍趁勢攻擊，曹軍大敗，直退至陽平關；下次交戰，蜀軍又是先詐敗，曹軍追趕時，因恐有伏兵而退，蜀軍乘機反攻，並在陽平關四門放火吶喊，嚇得曹操棄關而走，敗逃至斜谷口；而當曹操從斜谷退兵時，諸葛亮又分兵十餘路輪番攻擊，「曹兵人人喪膽……直至京兆，方始安心。」（第七十二～七十三回）這一戰役，曹操沒有打過一次像樣的仗，便一敗塗地。正如諸葛亮所分析的：「操平生為人多疑，雖能用兵，疑則多敗。吾以疑兵勝之。」這種寫法，寫出了戰爭的哲理和神韻，給人以深刻的啓迪。

三、善於抓住各次戰爭的特點，突出其「個性」，充分表現戰爭的複雜性和多樣性。

《演義》寫了幾十個戰役、上百次戰鬥，如果作者藝術功力不足，很容易寫得彼此雷同，使讀者喪失閱讀興趣。然而，羅貫中卻知難而進，以雄放的筆力，巧於變化的方式，將不同的戰爭寫得各具特色，引人入勝。

例如，書中的官渡之戰、赤壁之戰、夷陵之戰這「三大戰役」，勝利一方取勝的決定性手段都是火攻，「火燒烏巢」、「火燒赤壁」、「火燒連營」先後輝映，堪稱《三國演義》中最撼人心魄的「三把大火」。但是，雖然同是火攻，三者卻並不雷同，而是各有特色：「火燒烏巢」時，曹操是輕騎奔襲袁軍屯糧之處，燒之以亂其軍心，然後趁勢猛攻；「火燒赤壁」時，周瑜是利用曹軍船艦連鎖之機，通過黃蓋詐降來發動火攻，火勢迅速蔓延，使曹軍陷入極大的混亂；而「火燒連營」時，陸遜則是命令軍士「每人手執茅草一把，內藏硫黃焰硝，各帶火種」，「但到蜀營，順風舉火」，「每間一屯燒一屯」，可謂遍地開花，令蜀軍無處逃避。三種不同的火攻，均是因地制宜，因時制宜，把戰爭的多樣性表現得淋漓盡致。

同樣，寫將領之間的單打獨鬥，也變化多端，力求寫出個性。如「太史慈酣鬥小霸王」、「許褚裸衣鬥馬超」、「張飛夜戰馬超」，雖然都驚心動魄，但卻各見其妙，突出了人物的形象。

四、情節波瀾起伏，扣人心弦，描寫富於變化，有張有弛，使各次戰役呈現出強大的張力，緊緊地抓住讀者。

例如，在「官渡之戰」這個情節單元裡，戰爭形勢變化之迅速，攻守轉換之頻繁，都是少見的。袁、曹雙方犬牙交錯，反覆爭奪，進攻與反攻交織在一起，使人難於一下子斷定勝負。曹軍襲擊烏巢，袁軍卻企圖來個「圍魏救趙」；曹軍剛剛大獲全勝，袁軍又來個全面反撲。這種持續不斷的廝拚，使整個情節單元呈現出強大的張力，讀者直到看到最後結局，情緒才會為之一鬆。

五、善於運用多種筆墨，多角度、多層次地表現戰爭的方方面面，給人以多樣化的藝術美感。

例如，在赤壁大戰這個情節單元裡，作者不僅善於一浪高一浪地安排敵對雙方隔江鬥智和周瑜、諸葛亮之間又聯合又鬥爭的精彩情節，而且善於在扣人心弦的緊張鬥爭中，忙裡偷閒，用抒情筆調點染龐統挑燈夜讀、曹操橫槊賦詩等插曲，使讀者時而屏息靜氣、提心吊膽，時而舒心涵詠、會心微笑，真是張弛有度，相映成趣。

六、善於渲染戰場氣氛，給人以身臨其境的逼真感受。

例如第四十九回描寫赤壁大戰中東吳軍隊發起總攻的情景：

黃蓋用刀一招，前船一齊發火。火趁風威，風助火勢，船如箭發，煙焰漲天。二十隻火船，撞入水寨，曹寨中船隻一時盡著；又被鐵環鎖住，無處逃避。隔江炮響，四下火船齊到。但見三江面上，火逐風飛，一派通紅，漫天徹地。

緊湊有力的語言，把吳軍之勇猛、曹軍之狼狽寫得活靈活現，如在目前，令人歎為觀止。

4. 結構藝術與語言藝術

◆宏偉嚴謹的結構藝術

《三國演義》的結構既宏偉壯闊，又嚴密精巧。全書所敘時間漫長，人物眾多，事件複雜，頭緒紛繁，若非大手筆，則很容易顧此失彼，破綻百出，或者敍述呆板，味同嚼蠟。然而，作者卻以漢末天下大亂↓群雄角逐↓三國鼎立↓三分歸晉的歷史變遷為順序，以劉蜀集團的興衰為主線，兼顧曹魏、孫吳集團的發展演變，將紛繁複雜的事件與千姿百態的人物有機地組織在一起，精心安排，從容道來，使全書綱舉目張，既曲折變化，又前後貫串，脈絡分明，佈局嚴謹，從而構成了一個相當完美的藝術整體。

對於《三國演義》的結構藝術，有的學者著眼於全書內容幾大板塊的演變銜接，將它比喻為一個完整的環環相扣的鏈形結構；有的學者著眼於情節高潮的醞釀、形成和跌落，將它比喻為峰巒起伏的巨大山脈，其中官渡之戰以前的情節猶如山的起段，諸葛亮的奮鬥歷程猶如山的高峰，三分歸晉的過程猶如山的餘脈；有的學者則著眼於全書多條線索的複合交叉關係，將它比喻為扇形網狀結構，其中以劉蜀為圓心，以曹魏和孫吳為一個扇形體的兩端，劉曹之間、孫劉之間、孫曹之間的矛盾鬥爭構成一條條經線和緯線，從而縱橫交錯、井然有序地展開全書情節。這些提法共同說明了一個事實：《三國演義》的藝術結構確實是宏偉而又嚴謹，具有極大的開創性和典範性。

具體說來，《三國演義》的結構主要有這樣幾個特點：

一、按照歷史發展的基本脈絡來組織情節。

根據情節發展的不同階段，全書內容大致可以分為四大部分：

1. 從第一回漢末失政、黃巾起義，到第十四回曹操移駕許都，寫漢末天下大亂，群雄混戰；

2. 從第十五回孫策開拓江東，到第七十八回曹操去世，寫曹、劉、孫三家逐步翦滅對手，艱難創業，形成三足鼎立局面的的過程；

3. 從第七十九回曹丕繼位，到第一百五回諸葛亮逝世後安葬定軍山，寫三國正式建國後的彼

4.

此攻伐和鼎峙局面的發展變化；

4.從第一百六回公孫淵起兵反魏，到第一百二十回西晉滅吳，寫三國內政的演變和國力的消長，終於導致三分歸晉。

這樣，小說的進程便與歷史發展的進程在總體上協調一致，表現了歷史演義小說質的規定性。不過，作者對這四大部分並不是平均用力的。第一部分時間跨度為二十九年（一六八～一九六），所占篇幅為十四回；第二部分時間跨度為二十五年（一九六～二二〇），篇幅多達六十四回；第三部分時間跨度為十五年（二二〇～二三四），篇幅為二十七回；第四部分時間跨度為四十七年（二三四～二八〇），篇幅卻僅為十五回。由此可見，作品的重心放在二、三兩部分，即三國鼎立的形成與發展上，第一部分相當於序幕與開篇，第四部分則相當於收束與尾聲。這樣的結構是很合理的。

二、以劉蜀集團的興衰為主線，以曹魏、孫吳集團的成敗為副線，貫穿作品的始終。

黃巾起義，趁勢起兵者多矣，作品卻在第一回就讓劉、關、張出場，鄭重其事地介紹他們的相貌字號、籍貫經歷，通過桃園結義確定他們同生共死的兄弟情誼，並打出「上報國家，下安黎庶」的政治旗幟，使之成為讀者注意的中心；其次，曹操也隨之出場，以「治世之能臣，亂世之奸雄」的預言而引人注目；接著，又讓孫堅在第二回出場，顯示出非凡的膽略和勇力。這樣，一開始就確立了三家與眾不同、超邁群倫的地位。

十八路諸侯聯軍討伐董卓，人才濟濟，將佐如雲，但作品著墨較多的仍是劉、曹、孫三家。其中曹操作為討伐董卓的倡議者，孫堅作為聯軍的先鋒大將，受到關注是理所應當的；而劉備作為公孫瓚的附庸，官卑職低，根本排不上號，作品卻虛構關羽溫酒斬華雄、三英戰呂布等精彩情節，使他們的形象大放光彩。

此後，天下大亂，群雄逐鹿，可寫的人物和事件數不勝數，比如袁紹與公孫瓚對冀州、青州的爭奪，不僅範圍廣闊，而且時間長達八、九年，很有寫頭；然而，作品僅在第七回用半回篇幅正面描寫了兩者之間的磐河之戰，然後在第二十一回通過滿寵之言側面交代了袁紹消滅公孫瓚的結局。作品花費筆墨較多的，主要是曹操鞏固兗州，擴大地盤，孫策江東創業，劉備屢遭挫折的情節。其中僅是關羽千里走單騎一事，場面既不大，時間也不長，卻占了兩回半的篇幅。而在官渡之戰以後，情況就更是如此：與劉蜀有關的事件往往加以詳寫，與曹魏、孫吳有關的事件則略寫甚至不寫。這樣的安排，較好地表現了作品的主要內容和思想傾向。

三、以諸葛亮為中心人物

像《三國演義》這樣「陳敘百年，該括萬事」（明・高儒《百川書志》）的長篇歷史演義，本來很難確定一個貫穿全書的中心人物。然而，羅貫中把諸葛亮作為自己心目中的頭號理想人物，調動各種藝術手段加以突出，使他實際上成了讀者關注的中心人物。從第三十五回「水鏡先生」司馬徽第一次提到他，到第一百五回他逝世後被安葬於定軍山，他一直活動於小說藝術舞台的中心，堪稱光芒四射；即使在他沒有出場的回次，他也仍然在後台發揮作用，仍是影響情節發展的關鍵角色。甚至在他逝世以後，他的影響依然長期存在，鄧艾、鍾會等魏國最有才華的大將，也對他充滿敬意。鍾會伐蜀，奪取漢中後，特地為他掃墓祭拜（第一百十六回）；鄧艾偷渡陰平，曾感歎道：「武侯真神人也！艾不能以師事之，惜哉！」（第一百十七回）人們常常感到《三國演義》的最後十幾回不大吸引人，對此可以作多方面的分析，其中一個重要的原因就是：諸葛亮去世之後，作品的理想之光黯淡了，姜維的多次北伐成了勉為其難的苦苦撐持，少有激動人心的篇章，剩下的篇幅主要是為了交代三國的結局，其藝術魅力自然也就明顯減弱了。

上述幾點，使《三國演義》的藝術結構不僅具有整一性，而且具有非對等性。在這樣的藝術結構中，作者既實現了全書內容的整體和諧，又做到了重點突出，張弛有度，取得了極大的成功。

◆簡潔明快的語言藝術

就語言藝術而言，《三國演義》的語言簡潔明快，精煉準確，生動流暢。全書用半文半白的語言寫成，庸愚子（蔣大器）在〈三國志通俗演義序〉中稱讚它「文不甚深，言不甚俗」，既不像正史那樣「理微義奧」，「不通乎眾人」，又不像《三國志平話》之類講史那樣「言辭鄙謬，又失之於野」，而是雅俗共賞，「人人得而知之」。這種「文不甚深，言不甚俗」的語言風格，歷來為人稱道。

過去，有的文學史著作認為《三國演義》的這種語言風格不如《水滸傳》、《紅樓夢》全用白話那樣通俗，那樣富於表現力。這種意見自然有其合理的一面；但是，應當看到，羅貫中採用這種半文半白的語言，並非著意好古，而是有內在原因的。

首先，因為羅貫中寫的是距他一千多年前的歷史題材，而書中人物又多是統治階級的上、中層人士，為了給讀者造成一種歷史感，並且吻合人物的身分，他採用這種與當時的口語有一定差距的語言風格確實是有道理的。

其次，由於《三國演義》引用了不少歷史文獻，包括漢末三國時期的詔、策、令、問對、書表等，都是文言材料，如果作品的敘事語言和對話語言都用白話，這兩種語言成分生硬湊在一起，就會顯得很不諧調；而使用半文半白的語言，則可以使全書的敘事語言、對話語言與引用的古代文獻容易銜接，融為一體。例如，第三十八回「定三分隆中決策」，寫劉備見到諸葛亮後，諸葛亮向劉備分析天下大勢和劉備應當採取的戰略方針：

二人敘禮畢，分賓主而坐，童子獻茶。茶罷，孔明曰：「昨觀書意，足見將軍憂民憂國之心；但恨亮年幼才疏，有誤下問。」玄德曰：「司馬德操之言，徐元直之語，豈虛談哉？望先生不棄鄙賤，曲賜教誨。」孔明曰：「德操、元直，世之高士。亮乃一耕夫耳，安敢談天下事？二公謬舉矣。將軍奈何舍美玉而求頑石乎？」玄德曰：「大丈夫抱經世奇才，豈可空老于林泉之下？願先生以天下蒼生為念，開備愚魯而賜教。」孔明笑曰：「願聞將軍之志。」玄德屏人促席而告曰：「漢室傾頹，奸臣竊命，備不量力，欲伸大義於天下，而智術淺短，迄無所就。惟先生開其愚而拯其厄，實為萬幸！」孔明曰：「自董卓造逆以來，天下豪傑並起。……誠如是，則大業可成，漢室可興矣。此亮所以為將軍謀者也。惟將軍圖之。」……玄德聞言，避席拱手謝曰：「先生之言，頓開茅塞，使備如撥雲霧而睹青天。……」

從「自董卓造逆以來」到「則大業可成，漢室可興矣」，這一大段分析，即歷史上有名的〈隆中對〉，基本錄自《三國志．蜀書．諸葛亮傳》（個別文字有出入），屬於歷史文獻。但在小說中，它與作者的敘事語言、人物的對話語言很自然地銜接在一起，達到了水乳交融的境界。由此可見，羅貫中使用半文半白的語言，既是合理的，也是成功的。

從作品的實際來看，這種半文半白的語言的表現力是很強的。

寫人，擅長運用白描手法，以簡練的語言，把人物的神態舉止寫得鮮明而生動。寫人物的外貌，則抓住其主要特徵，往往三言兩語，就使人物神情畢肖，活脫如見。如寫張飛：「身長八尺，豹頭環眼，燕頷虎鬚，聲若巨雷，勢如奔馬。」（第一回）僅僅二十個字，「莽張飛」的威猛形象便矗立在讀者面前。寫人物的語言行動，則緊扣特定的環境，寫出其性格特色。如第一百四回寫諸葛亮臨終前最後一次巡視軍營：

> 孔明強支病體，令左右扶上小車，出寨遍觀各營。自覺秋風吹面，徹骨生寒，乃長歎曰：「再不能臨陣討賊矣！悠悠蒼天，曷此其極！」

這裡的「自覺秋風吹面，徹骨生寒」，寥寥十個字，融入了這位生命垂危的蓋世英雄多少複雜的情思！而那一聲「長歎」，又把他為國盡忠的高度責任感和壯志難酬的悲憤表現得淋漓盡致。

敍事，善於抓住事件的關鍵和矛盾的主要方面，以簡約明快的語言，把事件寫得靈動多變，極富吸引力。如第五回寫關羽溫酒斬華雄：

言未畢，階下一人大呼出曰：「小將願往斬華雄頭，獻於帳下！」眾視之，見其人身長九尺，髯長二尺，丹鳳眼，臥蠶眉，面如重棗，聲如巨鐘，立於帳前。（袁）紹問何人。公孫瓚曰：「此劉玄德之弟關羽也。」紹問現居何職。瓚曰：「跟隨劉玄德充馬弓手。」帳上袁術大喝曰：「汝欺吾眾諸侯無大將耶？量一弓手，安敢亂言！與我打出！」曹操急止之曰：「公路息怒。此人既出大言，必有勇略；試教出馬，如其不勝，責之未遲。」袁紹曰：「使一弓手出戰，必被華雄所笑。」操曰：「此人儀表不俗，華雄安知他是弓手？」關公曰：「如不勝，請斬某頭。」操教釃熱酒一杯，與關公飲了上馬。關公曰：「酒且斟下，某去便來。」出帳提刀，飛身上馬。眾諸侯聽得關外鼓聲大振，喊聲大舉，如天摧地塌，嶽撼山崩，眾皆失驚。正欲探聽，鸞鈴響處，馬到中軍，雲長提華雄之頭，擲於地上。其酒尚溫。

短短三百餘字（若不算標點，僅有二百七十九字），虛實結合，正反映襯，並通過一杯酒以小見大，把關羽斬華雄這一情節寫得跳蕩激越，把關羽的自尊、自信、神勇表現得光彩照人，而袁紹的囿於禮俗、袁術的輕狂驕橫、曹操的慧眼識人，也都如在目前。真是以少勝多的絕妙篇章！

這種半文半白的語言，固然以淺近文言為主，但也時有變化。比如張飛的語言，就較多白話成分和市井色彩。像第十六回寫張飛搶了呂布部將買的三百匹好馬，呂布怒而率兵攻打小沛，二人有這樣幾句對話：

張飛挺槍出馬曰：「是我奪了你好馬！你今待怎麼？」布罵曰：「環眼賊！你累次渺視我！」飛曰：「我奪你馬你便惱，你奪我哥哥的徐州便不說了！」

張飛的兩句話，均為通俗的口語，直率天真，較好地表現了人物的性格。讀者看了，不禁會發出會心的微笑。

4. 結構藝術與語言藝術

伍

《三國演義》的巨大影響

《三國演義》問世六百多年來，產生了極其廣泛而深遠的影響。本書開頭談到它擁有「六個第一」，其中後面的四個「第一」，都是關於它的巨大影響的。由於涉及面太廣，資料太多，這裡只能略加介紹。

1. 對文學藝術的影響

《三國演義》成書以後，受到社會各階層的普遍歡迎，不僅「士君子之好事者，爭相謄錄，以便觀覽」（庸愚子：〈三國志通俗演義序〉），而且下層文人和普通市民也紛紛閱讀。這就極大地提高了《演義》在人們心目中的地位。明代後期著名作家馮夢龍將《三國演義》與《水滸傳》、《西遊記》、《金瓶梅》合稱為「四大奇書」。清初著名作家李漁在為毛本《三國演義》寫的〈序〉中稱讚道：「《演義》一書之奇，足以使學士讀之而快，委巷不學之人讀之而亦快；英雄豪傑讀之而快，凡夫俗子讀之而亦快」。在廣泛傳播的過程中，《三國演義》對文學藝術，特別是通俗文藝產生了巨大的影響。

◆開創了中國古代長篇小說中的「歷史演義」分支

中國是一個歷史極為悠久，史學傳統極為發達的國家。在漫長的中華文明史上，史官文化一直占有舉足輕重的地位，使全民族形成一種普遍的「歷史情結」，直接影響著文學藝術的發展。在宋元「說話」藝術中，「講史」就是一個重要的分支。《三國演義》的巨大成功，適應了廣大民眾的接受心理，造就了廣泛的愛好者，吸引了眾多的繼起者，並被書商們視為贏利的「熱門」，從而有力地推動了歷史演義小說的創作。

從明代到清代，歷史演義小說不斷問世，蔚為大觀，今天能夠看到的還有幾十部。這些歷史演義小說，題材遍及中國歷史的各個時代，按其內容的時代順序，包括《盤古至唐虞傳》、《有夏志傳》、《有商志傳》、《開闢衍繹通俗志傳》、《春秋列國志傳》、《孫龐演義》、《樂田演義》、《新列國志》、《全漢志傳》、《西漢演義》、《東漢十二帝通俗演義》、《三國志後傳》、《東西兩晉演義》、《北史演義》、《南史演義》、《隋唐兩朝志傳》、《大隋志傳》、《唐書志傳通俗演義》、《隋史遺文》、《隋唐演義》、《殘唐五代史演義傳》、《南北兩宋志傳》、《大宋中興通俗演義》、《青史演義》、《英烈傳》、《續英烈傳》、《魏忠賢小說斥奸書》、《皇明中興聖烈傳》、《鎮海春秋》、《樵史通俗演義》，等等。儘管這些歷史演義小說的思想藝術水準參差不齊，大多屬於二、三流作品，但它們不僅滿足了一般讀者的文化消費需求，而且幫助下層民眾瞭解到許多粗淺的（儘管是不那麼準確的）歷史知識，有助於他們認識歷史，認識社會，總結人生經驗。

◆影響和推動了「三國戲」的發展

中國小說和戲曲，歷來是兩個關係密切，互相影響、互相吸收的藝術品種。宋金院本和元雜劇中的三國戲，為《三國演義》的成書提供了豐富的藝術營養。而《三國演義》的成功，又為戲曲提供了重要的題材，推動了三國戲的進一步發展。明清傳奇、雜劇中都有不少三國戲，其中相當一部分是根據《三國演義》編寫的。例如：《三國志大全》、《桃園記》、《連環記》、《古城記》、《草廬記》、《借東風》、《赤壁記》、《錦囊記》、《斬五將》、《諸葛亮夜祭瀘江》，等等。

清代康、雍、乾時期，隨著《三國演義》的廣泛傳播，被稱為「花部」的地方戲曲大量搬演《演義》的情節。如乾隆年間的著名徽班春台班，演出的三國戲就將近四十種，包括《溫明園》、《濮陽城》、《長坂坡》、《群英會》、《天水關》、《罵王朗》、《失街亭》等。到了近代，京劇和各種地方戲紛紛定型，各擅其長，它們的劇目中都有大量的三國戲。據初步統計，京劇中的三國戲至少在一百五十齣以上，使《三國演義》的絕大部分情節移植到了戲曲舞台上。京劇藝術家們進行了成功的改編與再創作，為三國戲增添了更多的下層人民的思想感情和生活氣息，增添了情節的豐富性和生動性。許多京劇藝術家都因擅長演出三國戲而獲得崇高的聲譽，如程長庚、盧勝奎、徐小香、楊月樓、貴潤甫、錢寶峰就分別獲得「活魯肅」、「活孔明」、「活周瑜」、「活趙雲」、「活曹操」、「活張飛」的美稱。同樣，川劇中的三國戲也有一百五十餘齣，也湧現出一批擅演三國戲的名家。其他許多地方戲，也有類似情況。戲曲界有這樣一句老話：「唐三千，宋八百，演不完的是三國。」由此可見《三國演義》對戲曲的影響之大。

◆為多種文藝形式提供了豐富的題材

我國通俗文藝的各個品種，幾乎都有根據《三國演義》進行改編與再創作的作品，如評書、子弟書、大鼓書、彈詞、山東快書、俚曲、四川清音、竹琴、連環畫等等。

可能很多人都不知道，清代傑出的作家蒲松齡，除了創作文言小說集《聊齋志異》之外，還寫過一些三國題材作品，包括小說三篇，詩二首，俚曲一套。這套俚曲題曰《快曲》，係由《三國演義》第四十九回〈七星壇諸葛祭風，三江口周瑜縱火〉後半及第五十回〈諸葛亮智算華容，關雲長義釋曹操〉的情節衍生翻新而成。

本書前面已經說過，據《三國志・魏書・武帝紀》注引《山陽公載記》，歷史上的曹操在赤壁遭到火攻後，確曾敗走華容道，境況十分狼狽，但並未遇到任何埋伏，自然也談不上被關羽「義釋」的問題。《三國演義》在《三國志平話》的基礎上，虛構「諸葛亮智算華容」，是為了突出諸葛亮的智謀；虛構「關雲長義釋曹操」，則是為了深刻表現關羽的「義絕」形象。但在《三國演義》流傳的過程中，也有一些人對曹操竟然被放跑的結果感到不滿，——其實，歷史小說創作不能不受基本史實的制約，《演義》作者自然也無法改變曹操從華容道逃走的結局。——於是便自出機杼，另行設計自己喜歡的結局。蒲松齡的《快曲》正是這樣的作品之一。

《快曲》共分四個部分——「四聯」。

第一聯〈遣將〉，寫諸葛亮祭起東風後，在周瑜發起總攻之前回到樊城，為劉備方面調兵遣將。他先派趙雲到烏林埋伏，繼派麋竺、麋芳在葫蘆峪埋伏，輪番火燒曹兵；再派張飛順著路北截殺曹操的殘兵敗將，午時在雙陵頭大路上歇馬；唯獨不給關羽分派任務。關羽不忿，立下軍令狀，到華容道攔截曹操。這一部分，與《三國演義》所寫大同小異。

第二聯〈快境〉，寫曹操在赤壁遭到吳軍火攻，慘敗而逃，在烏林、葫蘆峪先後遭到趙雲和麋竺、麋芳的截殺，越發損兵折將，張郃腿上還中了趙雲一槍。到了華容道，曹操身邊只剩下十六人，而且人困馬乏，鬥志消沉。忽見關羽率兵衝出，嚇得曹操魂不附體。經張遼獻計，曹操軟語告求，趁關羽猶豫之際，縱馬逃走。關羽大喝一聲，其餘十六人一齊跪下，關羽不忍動手，也全都放走。這時，一路截殺曹兵的張飛見午時已到，按照軍師的命令，到雙陵頭大路邊的樹林裡歇馬。不一時，曹操逃來，張飛奮勇殺出，不由分說，一矛將曹操刺落馬下；許褚來救，也被一矛刺死；其餘曹軍，各逃性命。張飛命令割下曹操、許褚的首級，回去報功。

第三聯〈慶功〉，寫趙雲、糜竺、糜芳先後回營獻功，孔明一一斟酒慶賀。關羽無精打采而回，自知理虧，只得任憑軍師處置。孔明下令將其斬首，劉備說情，孔明不允。在此關鍵時刻，張飛趕到，大叫：「軍師！曹操賊頭在此。饒了二哥罷！」眾人都道：「可喜，可喜！」孔明這才說：「既然斬了曹操，大家賀喜，把罪人釋放，討他不得入席。把頭掛起，鼓吹飲酒。」席間，孔明命將曹操首級掛在百尺高杆上，眾將比賽弓箭，射中者，大家喝一大杯祝賀。張飛、趙雲、糜竺依次射中首級，大家喝一次采，飲一杯酒；糜芳的箭歪了一點，射落曹操的一隻耳朵；關羽也要求射一箭，結果射中曹操的左眼，得以免罪，賞酒一大杯。於是眾將盡歡而散。

第四聯〈燒耳〉，寫劉備君臣散後，軍士們也分隊飲酒。一隊軍士就坐在懸掛曹操首級之處，一邊喝酒，一邊咒罵曹操。眾人越罵越恨，便將糜芳射落的那隻耳朵燒熟，每人咬一口以出惡氣。接著，又一邊喝酒，一邊講說截殺曹操的經過。酒足興盡，方才各自散去。

這些情節，想像大膽，格調誇張，完全不受基本史實的約束，故事的編織體現出民間文藝的自由和隨意。篇末的〔清江引〕唱道：「天下事不必定是有，好事在人做。殺了司馬懿，滅了曹操後，雖然撈不著，咱且快活口。」這表明蒲松齡清醒地知道作品內容的虛幻性，「不必定是有」；他這樣寫，只不過是「咱且快活口」的怡情之作罷了。

評書（評話）是通俗文藝的一個重要品類。《三國演義》問世以後，成為評書的重要題材，清代中葉以後被評書界譽為「大王」，即大書（長篇說書）之王，形成了多種流派，湧現出許多名家。例如：清代咸豐、同治年間的著名揚州評話家李國輝，其八個弟子均為清末民初的說《三國》名家；其中康國華的表演因情節豐富、刻劃細膩而被譽為「康三國」，並發展為評話世家，僅其孫康重華口述的《火燒赤壁》部分（相當於《三國演義》中「赤壁之戰」情節單元），整理本便有五十三萬字之多。蘇州評話界名氣最大的朱春華，經許文安繼承發展，代有傳人，不乏名家；其中張玉書、張國良父子博採各派之長，並結合戲曲、傳說，情節大大擴充，細節更為豐富，編成規模空前的《三國》評話，全書共二十卷，三百六十回，每天說一回，可以說整整一年。此外，北京評書、東北評書、四川評書等，都有一批說《三國》的名家。

直到當代，對《三國演義》的改編與再創作仍然十分活躍。其中最引人注目的是我所說的「三大藝術工程」：四川人民廣播電台的一百零八集廣播連續劇《三國演義》，中央電視台的八十四集電視連續劇《三國演義》，上海電影製片廠的十集系列電影《三國演義》。就規模而言，它們都堪稱各自領域的「中國之最」，產生了很大的影響（其中系列電影未能完成）。電視連續劇《三國演義》，不僅在中央電視台多次重播，而且遠銷海外，受到各國觀眾的歡迎。

◆催生了一大批三國傳說故事

民間傳說故事，是《三國演義》的素材來源之一；《三國演義》問世以後，有關三國的傳說故事繼續源源不斷地產生，流傳於全國大部分地區，數量至少在幾百個以上。這些故事大多不同程度地受到《三國演義》的影響。在思想傾向上，它們基本上與《三國演義》「尊劉貶曹」的傾向一致，關於劉蜀集團的故事占了大半。在內容上，這些故事或者是對《三國演義》的補充和發展，或者是另起爐竈：有的追本溯源，敍述《三國演義》沒有寫到的有關人物出場前的生平事蹟，如《關公出世的傳說》、《諸葛亮出師》、《諸葛亮招親》、《趙子龍學藝》、《神童周瑜》等；有的下延時限，補充《三國演義》沒有交代的人物的結局，如《諸葛亮巧設葬身計》、《斬鄧艾》等；更多的則是旁枝斜出，講述由《三國演義》人物性格派生出來的故事，如《關羽為何是眯縫眼》、《關羽畫竹明志》、《智服周倉》、《張飛練字畫畫》、《張飛穿針》、《張飛與諸葛對啞對》、《張飛審案》、《張飛智鬥曹操》、《劉備請客》、《諸葛亮和周瑜對詩》、《龐統和張飛酒》、《小喬題詩難周郎》，等等。不過，儘管三國傳說故事受到《三國演義》的明顯影響，但它們仍是人民群眾自己的創作，在表現手法和語言風格上都自成一格，具有鮮活的生命力。

2. 對社會生活的影響

《三國演義》對社會生活的影響之廣之深，是任何其他古代小說都遠遠無法比擬的。這裡略舉幾點。

◆對民衆社會歷史知識的影響

漢末三國時期，在漫長的中國歷史上只是非常短暫的一段，若論對中國歷史發展的影響，它無論如何也比不上漢、唐、宋這幾個時代。然而，這卻是普通老百姓最熟悉的一段歷史，這一時期的人物也是老百姓最感親切的。這裡的一個關鍵因素，就是《三國演義》的巨大影響。

就拿「諸葛亮崇拜」現象來說吧，歷史人物諸葛亮固然確實是三國時期傑出的政治家、軍事家，但他的文治武功是相當有限的，就歷史功績、歷史地位而言，數千年中國史上超過諸葛亮的政治家、軍事家至少可以舉出幾十個；然而，要論在億萬人民群眾中的知名度和影響力，文武周公姜尚管仲也好，秦皇漢武唐宗宋祖也罷，誰也比不上諸葛亮。這裡有多種藝術長期渲染的合力，但《三國演義》的成功塑造顯然起了最重要的作用。

雖然老百姓瞭解的三國故事，與歷史事實有一定出入，但他們畢竟知道了許多。《三國演義》不僅給了老百姓豐富的社會歷史知識，而且也影響到文人學士，以致使他們不知不覺地把小說情節與史實混在一起。清代名氣很大的詩人王士禎（號漁洋山人），曾寫過一首〈落鳳坡弔龐士元〉。龐統死於落鳳坡乃是《三國演義》虛構的情節，學識淵博的王士禎卻把它當成了史實，這證明《三國演義》已經影響到上層文士的知識結構。即使是現代，這種情況依然存在。據一家報紙在一批青年中進行的問卷調查，在他們最熟悉的二十名中國古代人物中，三國人物占了將近三分之一。現代許多政治家、軍事家、知識分子談到三國人物和事件時，往往實際上是根據《三國演義》的。《三國演義》之深入人心，由此可見一斑。

◆對語言的影響

《三國演義》中的許多用語、情節，已經轉化為成語、俗語、歇後語。我在《三國演義辭典

》（與譚良嘯合著，巴蜀書社一九八九年六月出版）的《成語俗諺》部分，就收集了幾百條，例如：「髀肉復生」、「兵貴神速」、「赤膊上陣」、「初出茅廬」、「膽大如斗」、「斷頭將軍」、「攻心為上」、「刮目相看」、「過五關斬六將」、「大意失荊州」、「漢賊不兩立」、「錦囊妙計」、「鞠躬盡瘁，死而後已」、「空城計」、「樂不思蜀」、「賠了夫人又折兵」、「如魚得水」、「三顧茅廬」、「司馬昭之心，路人皆知」、「萬事俱備，只欠東風」、「挾天子以令諸侯」、「一身是膽」、「東吳招親——弄假成真」、「扶不起的阿斗」、「關公門前耍大刀」、「三個臭皮匠，頂個諸葛亮」、「身在曹營心在漢」、「蜀中無大將，廖化作先鋒」、「說曹操，曹操就到」、「徐庶進曹營——一言不發」、「張飛穿針——粗中有細」、「周瑜打黃蓋——一個願打，一個願挨」……它們豐富了人民群眾的語言，具有很強的表現力。

◆對政治軍事的影響

《三國演義》中的政治智慧和軍事謀略，對明代以後政治軍事鬥爭中的各方都產生了不可忽視的影響。明末農民軍領袖李自成、張獻忠，都把《三國演義》當作攻城略地、埋伏設防的重要參考。滿清王朝的開創者努爾哈赤、皇太極，都十分重視從《三國演義》中學習政治方略和軍事謀略。努爾哈赤「幼時愛讀《三國演義》，又愛《水滸傳》，此因交識漢人，而得其賜也。」（

《清朝全史》）皇太極繼承汗位不久，就命令大學士達海把《三國演義》譯成滿文，以供滿族文武大臣學習。在逐步統一滿族，征服蒙古，占據整個東北乃至統一全國的多年征戰裡，他們從《三國演義》中受益匪淺。

例如：考慮到滿族人口太少，他們特別重視加強與蒙古各部的關係，仿效「桃園結義」，與蒙古諸汗約為兄弟，自認為是劉備，而以蒙古為關羽，從而使蒙古成為協助滿族控制全國的最得力的幫手。這一手果然有效，在清朝統治的二百多年中，蒙古各部「備北藩而為不侵不叛之臣者，端在於此，其意亦如關羽之於劉備，服事唯謹也。」（《缺名筆記》）

又如，為了招降明朝將領，他們大加懷柔，竭力攻心。他們制定了對明朝降將的優待條件，不僅論功行賞，而且明確規定：「凡一品官以諸貝勒女妻之，二品官以國中大臣女妻之。」還要「每五日一大宴」，就像曹操籠絡關羽一樣。明朝總兵祖大壽駐守大凌河時，因糧盡援絕而降，不久又逃回錦州，直到錦州即將陷落時才再次投降。皇太極並不追究，仍命他為總兵。這顯然受到「七擒孟獲」的啓發。

再如，為瓦解敵方，他們運用了各種縱橫捭闔的手段。明朝遼東巡撫袁崇煥，才幹出眾，多次打退清兵的進攻，努爾哈赤、皇太極均無可奈何。天聰三年（一六二九）底，皇太極率兵繞道入關，進逼北京，袁崇煥星夜回援。皇太極見他太難對付，便使用反間計，密令兩個部將故意在兩個被俘的明太監附近耳語，說袁崇煥與皇太極有勾結，然後又故意讓其中一個姓楊的太監逃走。楊太監將偷聽來的假情報報告崇禎皇帝，崇禎皇帝竟然輕信，將袁崇煥處死，自壞長城（昭槤《嘯亭雜錄》卷二）。這完全是《三國演義》中「蔣幹盜書」故事的翻版，皇太極卻又一次成功了。

◆對民俗風物的影響

據初步統計，中國絕大多數省、市、自治區都分佈有三國遺蹟，總數至少在四五百處以上。除了極少數由三國時期遺存至今的古蹟之外，絕大部分都不同程度地受到《三國演義》和民間三國傳說的影響。

一種是雖然源於三國歷史，卻多少滲入了《三國演義》和民間三國傳說的影響。如聞名全國的成都武侯祠，始建於公元四世紀的成漢時期，只能說是源於三國歷史；祠中若干人物的造型，以及關羽的青龍偃月刀、張飛的丈八蛇矛之類，顯然受到了《三國演義》和傳統三國戲的影響。

第二種是雖有一點三國歷史的由頭，卻因《三國演義》和民間三國傳說的影響而與史實大相徑庭。如四川廣元的「鮑三娘墓」，經考古鑑定，確係東漢晚期墓葬，但鮑三娘卻是虛構的人物，這種「張冠李戴」的現象就很有代表性。

第三種則純係《三國演義》和民間三國傳說的產物。如江蘇鎮江的甘露寺始建於唐代，卻因《三國演義》中「甘露寺相親」故事的影響而被視為有名的「三國遺蹟」。周倉本係《三國演義》虛構的人物，湖北當陽卻有周倉墓。

由此可見，我們今天所說的「三國遺蹟」，大部分並非真正的「三國時期的遺蹟」，而是在漫長的歷史時期中逐步形成的「與三國有關的名勝古蹟」，這正好證明了《三國演義》和民間三國傳說影響之廣泛。

◆對社會心理的影響

《三國演義》的「仁德」標準、「忠義」觀念、「崇智」心理等等，既是民族文化心理的積澱，又對其後民族性格和文化心理的發展產生了深遠的影響。知識分子對諸葛亮的崇敬，下層民眾對關羽的膜拜，早已是普遍的心理。正如近代學者黃人所說的：「異姓聯昆弟之好，輒曰桃園；帷幄傜運用之才，動言諸葛。」（《小說小話》）

即使就少數民族而言，《三國演義》對其心理的影響也廣泛而深入。這裡略舉兩例，以見一斑。

雍正六年（一七二八），廷臣奉命各保舉所知一人，護軍參領郎坤上奏道：「明如諸葛亮，尚誤用馬謖，臣焉敢妄舉？」雍正皇帝十分惱火，批示道：「必能勝諸葛亮始行保舉，則勝於諸葛亮者，郎坤必知之。郎坤從何處看得《三國志》小說（按：指《三國演義》）？即欲示異於眾，輒敢沽名具奏，甚屬可惡，交部嚴審具奏之。」（見奕賡《管見所及》）其實，郎坤即使借用小說情節，亦無傷大雅（諸葛亮誤用馬謖，史書《三國志》本有記載），那位性情怪僻陰冷的雍正皇帝莫名其妙地大發其火，反倒使人們懷疑他自己就經常閱讀《三國演義》。

乾隆初年，某侍衛被提拔為荊州將軍，別人前往祝賀，他卻痛哭流涕。大家感到奇怪，問其原因，他說：「連關帝爺爺都守不住荊州，現在讓我去鎮守，這是想要殺我呀！」人們聽了，無不掩口而笑（見姚元之《竹葉亭雜記》卷七）。

這兩個例子，都反映出《三國演義》在滿族中已經深入人心，自然而然地影響了一些人的思維和表達。

當然，《三國演義》對社會心理的影響，有健康的方面，也有消極的地方，但總的說來，其主導方面還是積極向上的。至於它對人們倫理觀、審美觀的深層影響，就不是三言兩語說得清楚的了。

3.《三國演義》在國外

作為一部富有魅力的偉大作品，《三國演義》不僅在中國家喻戶曉，而且在世界上廣泛傳播。

早在康熙二十八年（一六八九），日本人湖南文山（京都天龍寺的兩位和尚義轍、月堂的合名）就把《三國演義》譯成了日文，這是《三國演義》最早的外文譯本。此後三百年來，《三國演義》已經被亞、歐、美諸國翻譯成各種文字，全譯本、節譯本已有六十多種。各國學者都把《三國演義》看作中國文學史上燦爛的明珠，給予了高度的評價。

《三國演義》中那些栩栩如生的人物，特別是忠貞機智的諸葛亮和剛烈勇武的關羽，深受各國人民的喜愛和尊崇。朝鮮很早就為諸葛亮立廟，康熙三十四年（一六九五），朝鮮又下令以岳飛配祀諸葛亮。日本、朝鮮、越南、印尼、馬來西亞等國都有關羽廟。各國人民有關《三國演義》人物的種種傳說，飽含著對中國人民的深厚情誼。

《三國演義》對一些國家的社會生活和文學藝術產生了不可忽視的影響。泰國散文體文學的形成，在一定程度上得力於《三國演義》。日本著名作家瀧澤馬琴的代表作《南總里見八犬傳》，汲取了《三國演義》的情節。朝鮮十八世紀「軍談小說」的形成，也深受《三國演義》的影響。《三國演義》中的許多情節，還成為越南戲劇的題材。西方不少漢學家選擇《三國演義》作為撰寫博士論文的題目，有的論文達到了相當高的水準。日本人民多次組織「《三國演義》之翼」訪華團，千里迢迢來到中國，探訪三國遺蹟，憑弔三國人物，以此表示對中國人民的友好感情。

近年來，隨著中國國際影響的擴大和《三國演義》研究的深入，國外又出現了持續不斷的「三國熱」。

說到國外的「三國熱」，以日本最為突出。《三國演義》在當今日本流傳之廣，影響之大，簡直令人驚奇。這裡隨便舉出幾點：

一、《三國演義》的日文譯本，至少已有二十餘種，而且多次再版。如立間祥介教授翻譯的《三國志演義》，一九七二年出版後，幾乎年年再版。各種譯本的發行量加起來，至少已是幾百萬套。

二、日本的《三國演義》改寫本、新編本、連環畫多達幾十種。其中，僅橫山光輝改編的《漫畫三國志》，就有大小兩種開本，印數已經超過三千萬套，幾乎每個日本家庭都有一套。

三、日本設計的《三國演義》電子遊戲軟體，出了一版又一版，在世界各地，包括中國大受歡迎，發行量也是數以百萬計。

四、日本的《三國演義》研究專家數量雖然不及中國，但在資料占有、研究思路、研究方法上卻很有特色。特別是在《三國》版本的研究上，金文京、中川諭、上田望等學者思路之細密、比對之精微，都給中國學者留下了深刻的印象，受到大家的重視。在此基礎上，日本《三國志》學會於二〇〇六年七月三十日在大東文化大學宣告成立。學會由從事三國歷史、三國思想哲學、三國文學藝術和小說《三國志》（即《三國演義》）研究的學者組成，會長由著名的三國史專家、京都女子大學原校長狩野直禎擔任，副會長為金文京教授、大上正美教授、堀池信夫教授，事務局長（秘書長）為渡邊義浩教授，首批會員達一百餘人。

五、日本的《三國演義》研究著作多達數十種。其中，從人際關係、經營管理、商戰謀略等角度進行的「應用研究」，比中國學者起步更早。

六、日本的「三國迷」遍及全國，他們自發組織的「三國迷俱樂部」就有上百個，成員來自社會各個階層。他們經常進行討論，組織《三國演義》知識競賽。二〇〇六年七月底至八月初，我應邀訪問日本，參加《三國志》（含《三國演義》）研討會，作主題報告。與會者除了日本的《三國演義》研究專家，東京大學、早稻田大學、大東文化大學等著名大學的《三國志》研究會成員，還有跟隨家長來的小學生。在隨後舉行的《三國志》學會成立大會上，一位戴眼鏡、很秀氣的小女孩跟著母親，不僅認真旁聽，還勇敢地舉手提問；在會後中日學者聚餐時，她又拿著日本學者渡邊義浩、田中靖彥寫的《三國志的舞台》一書，跑來找我和另外兩位中國學者簽名。這種真誠與熱情，非常令人感動……

在亞洲其他國家，「三國熱」也普遍存在。在韓國，《三國演義》是讀者最多，影響最大的一部中國小說；近幾年出版的《三國演義》韓文譯本、評本、改寫本達一二十種，其中李文烈的評譯本，自一九八八年問世以來，銷量已達數十萬套（每套十冊）。韓國學者鄭元基，已經把中國學者的多部《三國演義》研究著作譯成韓文出版，包括我的《三國演義辭典》、《三國漫話》等。一九九七年，韓國學者組織了第一個高層次的三國文化考察團，由韓國國家電視台派出的攝製組陪同，並由陳翔華先生和我先後擔任顧問，歷時二十天，行程上萬里，考察了九個省、市的幾十處三國遺蹟，攝製的錄影已在韓國電視台播出，引起了很大迴響。

在泰國、新加坡、馬來西亞等國，《三國演義》是華僑、華裔加強團結的精神紐帶。泰國有「劉氏宗親會」，自稱是劉備的後代；馬來西亞有「關氏宗親會」，還有「劉關張趙宗親總會」

。他們不僅經常組團到中國祭奠劉備、關羽、張飛、趙雲等三國英雄，而且成立研究團體，邀請中國學者前去講學。

最近幾年，電視連續劇《三國演義》分別在日本、韓國和東南亞各國播放，都是觀者如潮，盛況空前。《三國演義》的影響，由此而進一步增強。

今天，對《三國演義》的研究，早已成為一種專門的學問——「三國學」。《三國演義》及其衍生的各種文化現象，三國文化精神，至今仍然富有活力，仍然影響著我們的現實生活，流淌於我們的血液之中。它將伴隨我們走向未來，再創輝煌……

國家圖書館出版品預行編目資料

羅貫中與三國演義 / 沈伯俊作 . -- 初版 . --
臺北市 : 遠流, 2007.11
面 ; 公分 . -- (實用歷史. 三國館)

ISBN 978-957-32-6188-9(平裝)

1. 三國演義 2. 研究考訂

857.4523 95019936